다시 시작되는 기다림!

숨겨둔 이브에게

차 승 진 장편소설

홍 익 출 판 사

차례

1부_'여름날의 만남!'

휴대폰 알람이 적막을 흔들었다.

그러나 아내는 곤한 새벽잠에 기척이 없었다. 나는 가끔 이혼을 꿈꾸었다. 잘 맞지 않는 불편한 열쇠와 자물쇠는 결국 쓸모가 없어진다. 새로 사거나, 버려지거나 선택의 결단만이 존재한다. 아내와의 관계가 소원해진 건 언제부터였을까. 생각해 보니 딱히 답이 나오진 않지만 어느 순간 우리에게 찾아온 권태기가 그 시발점이었던 것만은 분명했다. 그리고 그 시기는 내가 예상했던 것 이상으로 길어지고 있었다. 이미 우리는 서로를 등지고 선 망부석으로 남아있는 건 아닐까? 순간 헛웃음이 터졌다. 어쩌면 나 스스로 고루하기만 한 삶의 일탈에서 벗어나고 싶은 욕망이 꿈틀대고 있었는지도 모른다. 가장으로 살아온 지난 세월. 소원해진 아내와의 연일 계속되는 냉각기에 그런 욕구는 기름에 불을 당기듯 퍼져만 가는 마음. 스스로도 알 수 없는…….

연일 계속되는 휴일 없는 장거리 출장의 나날이다. 먹어야만

사는 인생길엔 생업이라는 뫼비우스의 띠가 보이지 않게 몸에 혁대처럼 둘러쳐져 있다. 예매된 기차시간은 총성 없는 전쟁터처럼 한 치의 오차가 허용되지 않는다. 지정된 기차 티켓 시간이 초를 다투는 전쟁의 출발선이다. 새벽 6시! 강릉행 비둘기호가 덜커덩 제 몸을 비틀며 준비운동을 마치고 힘차게 앞발을 내디뎠다. 잠깨지 않은 들녘마다 안개가 포근하게 감싸 주었다. 처음처럼 고요한 대지 위에는 집나온 산새들이 허공을 가르며 꿈속을 날아다니는 아이처럼 무중력 공간에 제 몸을 맡긴다. 기차가 덜커덩 덜커덩 촉수를 자극하며 송사리 떼가 모여 사는 샛강을 가로 질러 나간다. 어둠이 채 걷히지 않은 수채화 같은 산촌 풍경을 조금 지나자 기차가 간이역에 닿았다. 테마 여행을 떠나는 촌로들이 순식간에 텅 빈 좌석을 빼곡하게 메웠다. 인생 고개가 그림으로 그린다면 몇 굽이나 될까? 서편제 영화 노래가사처럼 "이산 저산 꽃이 피니 분명코 봄이로구나, 봄은 찾아왔건마는 세상사 쓸쓸하고나~ 잠든 날과 병든 날 빼고 나면 단 사십도 못사는 인생!" 칠십 고개를 훨씬 넘긴 노인들의 얼굴 위엔 쓸쓸한 굴곡들이 레코드판에 박힌 소리처럼 금방이라도 잡음 섞인 가락들이 쏟아질 것만 같다. 젊은이는 노년을 짐작할 수 없듯, '죽음과 세금'도 면피할 수 없는 인생살이다.

모처럼 조기 출장을 마치고, 출장의 무료한 일상을 일탈하는 비상구 같은 친구의 사무실에 들렀다. 반가운 얼굴로 친구 곽 사장이 믹스커피 한잔을 건네주었다. 달콤한 커피 한 모금을 마시는 사이 손님이 찾아왔다. 긴 생머리 타입의 우윳빛 갸름한 얼굴, 스타일리쉬한 중년의 여인이다. 그 여인은 사무실을 들어서다 말고 당황하는 기색이었다.

"곽 사장님! 혼자 있는 사무실이라고 하시지 않았나요."

"숙경 씨! 앉아요. 방금 온 친구들인데, 걱정 마시고."

어느새 자리가 정돈 되었다. 그녀의 첫인상이 내 맘을 어지럽혔다. 잠자리 안경 너머 지성과 섹시함을 겸비한 야릇한 느낌이다. 어디에선가 본 듯한 얼굴이다. 매우 친숙한 모습의 얼굴이다. 나는 갑자기 어린 소년처럼 콩닥콩닥, 우왕좌왕! 자꾸만 몸이 바람 빠진 풍선처럼 중심이 마구 흔들리고 있었다. 신문을 보는 척하면서 곁눈질로 그녀의 모습을 재빨리 스캔하였다. 그녀의 갸름한 우윳빛 얼굴, 화장기 없는 해맑은 미소. 나는 아내와 성격차이로 오래전부터 보이지 않는 냉전의 나날이었다. 모든 생활은 마른 빨래처럼 건조하였다. 급한 성격의 아내와 자유분방한 나와의 잘못된 만남의 대립이었다. 홀로서기가 중심 잃은 팽이처럼 내 생활은 항상 불안전한 나날이었다. 이유는 몇 년 전, '시문학강좌'에서 다시 만난 대학 후배 '서인애'. 그녀와의 잦은 만남이 아내를 불편하게 만든 원인이기도 하다. 신세대 소녀들처럼 깜찍

발랄한 귀여운 여인 서인애. 그녀 남편의 갑작스런 사망 소식이 있던 날부터 나의 생활은 장구하고 무료한 시간이었다. 대학 동아리 때부터 말 잘 통하고, 애교 많은 서울 말씨의 인형처럼 귀여운 인애와는 그때부터 결별되었던 것 같다.

오랜만의 처음 느껴보는 말쑥한 낯선 여인의 만남이었다.

누군가 사가지고 온 더운 여름 날씨를 식힐 입안을 얼얼하게 녹여주는 아이스크림이 각자의 손에 쥐어졌다. 마트에서 무작위로 사가지고 온 아이스크림은 서너 가지 종류로 나뉘어졌다. 스틱형 하드종류와 소프트한 아이스크림콘을 무심코 입에 넣어 달콤한 냉기를 느낄 촌음의 시간 속이었다. 앉은뱅이 유리탁자 두어 뼘 정면에서 마주치는 그녀의 눈빛은 매우 호의적, 지성적인 느낌이었다. 순간의 선택에서 나만의 독점의 우위를 점유하기까지 극히 짧은 시간 긴장된 더듬거림이었다.

연신 미소를 머금으며, 소프트한 아이스크림콘을 부드럽게 애무하듯 음미하는 그녀 앞에서, 누군가 농담 섞인 토크가 오갔다. 그야말로 홍일점! 붉은 장미 한 송이처럼 여인의 향기가 향수처럼 은은하게 사무실 좁은 공간을 흐르고 있었다. 투박한 화분처럼 모여 앉은 중년 남성들 한가운데, 비싼 값으로 치러질 지성과 섹시함을 겸비한 잠자리 안경 너머 야릇한 미모의 여인이 그림처럼 담겨있는 친구의 자그마한 사무실 속 아름다운 풍경이었다.

유머 속에 유머가 빛을 발하는 것은 허를 찌르는 적절한 입담이다. 그 유모 어가 빛을 발할 즈음 분위기는 차츰 승패가 현저하게 내 쪽으로 기울고 있었다. 시인이자, 소설가의 이력이 은연중에 간접 PR 되는 순간이었다. 때마침, 응원가처럼 들려온 보너스 발언

"대화에도 등급이 매겨져 있다니까?"

"역시 독서에 길이 있다는 말이 실감나네, 철민 씨의 대화는 급이 달라."

"흐흐, 뭔 그런 말씀을 기분 좋게 날리십니까? 좋은 날, 권 사장님께 한턱 쏠게요!"

"저어. 선생님! 한 말씀 드려도 될까요?"

"아! 저 말입니까?"

좌중을 아랑곳하지 않고 들려오는 꿈결 같은 섹시한 美聲미성!

"네, 선생님! 사실은 제가 요즘 관심 있게 보는 책이 있는데요. 가끔, 선생님께서 좋은 책 소개 좀 해 주실래요?"

"아, 네. 그럴까요? 어떤 장르의 책을 원하시는지? 요즘 제가 출장길에 가끔 책방을 들르는데."

"..................................!"

"그렇게 하죠, 뭐! 그런데 어떻게 연락을 하면 전화번호가 ……."

그녀와의 첫 만남이었지만 007영화처럼 '긴박하게 은밀하게' 전화번호를 쟁취하는 번개작전이 벌어졌다.

"네, 선생님! 불러 드릴게요. 010 9689 0000 이예요."

"아, 네, 잠깐만요."

중요한 순간일수록 실타래는 악몽처럼 꼬이듯이 허겁지겁하는 사이, 좌중의 시선들이 어둔 밤 라이트처럼 뜨겁게 집중되고 있었다. 메모지와 볼펜이 끊어진 돌다리처럼 난감하게도 준비되지 않았다. 급하면 정신을 우산처럼 잃어버릴 때가 있다. 가끔, 기차에서 신문을 보다, 두고 내리는 안경처럼…….

"죄송하지만, 010 9869 0000번이라고 하셨죠?"

"아니, 선생님! 9869가 아니라, 9689입니다."

그녀도 약간 급하게 다가오고 있었다. 그때! 날카로운 제지의 음성이 잡음처럼 흘러 나왔다.

"야아! 누구 맘대로 전화번호 날려주는데?"

사무실 주인이자, 그녀의 가장 가까운 지인 중, 한 사람인 곽 사장이 고래고래 소릴 질렀다. 그러나 상황은 이미 종결되었다.

"아! 네, 네. 감사합니다."

전화번호는 이미 철통같이 포위된 각자의 휴대전화기 속, 깊은 곳에 미로처럼 철커덕! 저장되었다. 연신 씩씩거리며 얼굴빛이 붉어지는 곽 사장에게 그녀는 당당한 목소리로 말했다.

"아니, 곽 사장님 왜 그러세요. 찾아온 손님들 보기에 민망스럽게, 언제 우리가 별 다른 사이였나요. 스포츠 동호인으로서, 오늘 처음 곽 사장님 사무실에 초청된 것 아닌가요?"

그녀는 곽 사장과 함께 수영과 골프를 함께 하는 다소 친근한 듯한, 스포츠 동호인이었다.

그리고 그녀는 그 스포츠 회원 중 여부(여자부회장)와 총무를 맡고 있는 임원이었다.

"허허 참! 그럼 나하고 드라이브할 땐 언제고. 숙경 씨는 그럼 날 아무런 느낌이 없는 그런 놈으로 봤다 이말 이네."

갑자기 좌중에서 한마디가 허공으로 날라 왔다.

"곽 사장! 너무 흥분하지 말고, 얘기 들어보니 그냥 동호인 같은데……."

좌중에서 낮은 웃음소리가 들려왔다. 이윽고 자리를 박차고 일어서는, 그녀가 다소 겸연쩍은 듯 억지웃음을 보이고 사무실 문을 나서며 한마디 던졌다.

"곽 사장님! 내일 수영장에서 봐요! 기분 푸시구요."

곽 사장이 허겁지겁 일어서서 그녀가 타고 온 자동차 앞에서 형식적인 배웅 인사를 하고 있었다.

"내일부터 두 사람 자~ 알 해 보세요. 철민 씨의 유식한 지식도 많이 배우시고."

매우 허탈한 듯 사무실 문을 열고 들어오며 또 한마디 허공으로 날렸다.

"열길 땅속 보다, 한 뼘 여자 속을 모르는 법이라더니."

그날, 함께 한잔하자던 약속도 이런 저런 이유로 취소되고 자동차 시동 소리와 함께 각자의 숙소로 돌아갔다. 백미러 속에서 멀어지는 곽 사장의 새로 산, 검은 색 윤기 흐르는 뉴 그랜져 뒷모습이 자취를 감추고 있었다.

2부 _ '문자는 바람처럼! 나비처럼'

그녀에게 문자를 보냈다.

- 어제는 잘 들어가셨는지요? 오늘 책방에 들러서 몇 권의 신간 도서 소개합니다. 카폰으로 책표지 찍어서 보냅니다.

정성들여 보낸 문자는 소식이 없었다. 하루가 지나고, 잠시 생각을 접어 둔 시간이었다. 어쩌면 평소대로 일상을 만들며 마음을 정리해보기로 하였다.

다음 날 휴일 오전, 분주하게 산을 오르는 등산객들의 풍경이 그림처럼 원근감을 이루었다. 호수에 곱게 핀 백련과 수련들이 군락을 이루며 평화로운 한때를 점령하고 있었다. 휴대폰을 꺼내어 연꽃을 보기 좋게 구성하여 휴대폰 카메라에 저장하며 산을 올랐다. 산 중턱 쯤에서 휴대폰으로 날아오는 문자 음성 메시지가 상쾌한 휘파람 소릴 냈다. 매우 황홀한 직감을 예상했다.

- 선생님! 미안해요. 어제는 골프 부킹으로 문자를 놓쳤네요. 신간 도서 추천해주심을 감사드리며 열심히 독서할게요. ㅋㅋ

– 네, 그러셨군요. 골프 재미있으셨어요?

뜻하지 않게 받은 메시지에 한껏 고무가 된 탓일까. 평소보다 산길이 매우 가깝게 축소된 듯 발걸음이 가벼웠다. 오가는 등산객들이 너무 아름답게 느껴졌다. 나는 사람들 틈에 섞여 천천히 산길을 올랐다. 때마침 산길을 내려오던 지인을 만났다.

"어! 어, 강철민 씨 여기서 만나네요."

"아, 백 교수님! 반갑습니다. 요즘 시문학 강의는 잘 돼 가시는지요?"

"교수님 사시는 곳이?"

"아, 저, 3지구 그린 타운입니다. 얼마 전에 이사 왔어요."

백 교수의 집 또한 내가 살고 있는 같은 구민이었다. 그는 영문학과 교수님이다. 항상 겸손이 몸에 배어 있으신 분이다. 검은 안경테가 잘 어울리는 키가 농구선수 같은 훤칠함. 자상한 매너 나는 백 교수님을 마음속 멘토로 삼고 지냈다. 이런 저런 이야기로 나는 잠시 그녀와의 문자 메시지를 꺼두었다. 백 교수와는 시문학 강의에서 만났다. 그와는 몇 차례 커피 타임과 간단한 식사를 나누며 서로의 세계를 교감하였다. 몇 해 전, 내 사진전을 본 후. 어느 날 백 교수가 나에게 부탁했던 좋은 '디카' 구매를 요청했었다. 백 교수의 부탁을 이런 저런 핑계로 그동안 깜빡 잊고 있었다. 너무 미안하고 예의를 저버린 것 같아 쑥스럽기도 하고 다음 미팅을 약속하였다. 한참을 올라 산 정상에서 소나무가 그늘 드리우는 전망 좋은 곳에서 자리를 잡고 배낭을 풀었다. 8월 중순의 타는 더위에서, 이열치열 보온병을 꺼내 믹스커피를 종이컵에 붓고, 더운 물을 부어 적당히 저었다. 산속 정상 나무그늘에서 따끈한 한모금의 커피를 음미하였다. 배낭 속에서 잘 익은 붉은 사과를 꺼내어 껍질을 깎아 한입 베어 물었다. 도심의 아파트가 닭장처럼 펼쳐진 풍경 속 종이컵에 담긴 커피 맛은 교감 신경을 자극시켜 기분 좋은 흥분제가 되었다.

나는 서울에 있는 '절친' 이철희에게, 휴대전화 번호를 눌렀다. 경쾌한 신호음과 함께 들려오는 친구의 기분 좋은 전화 음성이 귓전을 울렸다.

"어, 친구! 반가워. 거기 어디야?"

"아, 여기 등산 중이야! 그런데 뉴스 하나 있는데……."

"뭐야, 좋은 여자 생겼나?"

"어, 이 친구 돗자리 깔아도 되겠는데?"

"그래! 흐흐."

"가문의 영광! ㅋㅋ."

"그래, 잘 해봐. 인생 뭐 있나? 요즘 글은 잘 되겠네. 예뻐 그 여자?"

친구의 음성이 밝은 톤으로 바뀌었다.

“그런데, 여자는 말이야. 만나는 순간, 그 타임이 승패를 좌우하지! 신선한 과일은 시간이 지나면, 그 맛을 잃거든.”

나의 절친, ‘이철희’ 그는 영국 시민권을 소유한 고향 어릴 적 친구이다. 초등학교를 같이 다녔던 그 옛날 아주 첩첩 산중 신작로 먼지가 폴폴 나는 곳이다. 산간벽지가 고향인 친구, 그 친구가 지금 수도 서울에서 가족을 떠나 홀로 사업을 하고 있다. 90년대 인천에서 아주 잘나가는 중소기업 사장님으로서 한때 유명세를 치렀던 멋진 사나이다. 그런데 젊은 날 돈 있고, 시간 프리하면, 남자의 에너지가 편향되는 곳이 있다. 400여 명의 직원을 거느린 멋진 사나이, 이철희!

그의 히스토리에 의하면, 그 당시 지폐를 창고에 쟁여 둘 만큼 잘 나가던 한 때, 사업의 거미줄이 얽히고설키며 하루아침에 빈털터리가 된 사연의 역사다. 그의 아내는 패션디자이너이다. 친정아버지의 후광으로 영국 런던에서 유명브랜드 의류사업이 탄탄한 경지를 이루어 다행히 경제에 큰 어려움 없는 상황이다. 그가 처자식을 떠나오게 된 것은 그의 호방한 성격과 듬직한 몸매에서 나오는 튼튼한 믿음의 뿌리를 인정받게 된 결과이었다. 지금의 사업체를 맡게 된 것은 영국 생활 3년 전에 식품 제조 사업을 하는 사회 지인으로부터 수차례의 끈질긴 권유 때문이었다.

“친구야, 그래, 한번 잘 해봐라. 여자는 남자하기 나름이거든…….”

“그래, 언제 얼굴 한 번 보자.”

높은 산 정상 무더위를 피할 수 있는 나무 그늘아래에서 멀리 보이는 도시의 풍경들이 매우 정겹게 보였다.

‘성시경의 거리에서’가 휴대용 라디오에서 산속을 울렸다.

네가 없는 거리에는 내가 할일이 없어서
마냥 걷다 걷다보면 추억을 가끔 마주치지
떠오르는 너의 모습 내 살아나는 그리움 한번에
참 잊기 힘든 사람이란 걸 또 한 번 느껴지는 하루
어디쯤에 머무는지 또 어떻게 살아가는지 걷다보면
누가 말해줄 것 같아 이 거리가 익숙했던 우리
발걸음이 나란했던 그리운 날들 오늘밤 나를 찾아온다.

어느 새 산속에서 해가 기울어지고 있었다. 하산의 설렘이 한층 더 발걸음을 단축 시켰다.

‘띵동!’ 문자 음이 울렸다. 아내의 문자 메시지다.

- 저녁 어떻게 할래요? 집에 도착하려면 시간이 좀 걸릴 것 같은데
- 밥은 한 그릇 사먹고 들어갈게.
- 그러던지…….

아내는 취미가 다양하다. 활달한 성격만큼 사회활동에도 시간을 아끼지 않는다. 심지어 초등학교 동창회도 두 군데를 오간다. 어릴 적 공무원인 아버지를 따라 지방으로 전학을 다니다 보니 두 군데 초등학교를 다니게 되었다. 산악회도 공교롭게 두 군데를 오간다. 어느 날 남편들의 모임에서 우연히 초등학교가 같은 여자 동창을 알게 되었다. 그것이 두 곳을 오가게 된 특이한 계기가 되었다. 골프, 등산, 수영, 요가, 승마 등 눈코 뜰 새 없는 활동으로 밤이면 그로기 상태다. 내가 새벽 출장을 떠나는 주 5일에는 아내의 나들이가 아침부터 호황을 누리는 날이다. 아내와의 데면데면한 관계는 벌써 이 년째 이어지고 있었다. 젊은 날, 우리에게도 아름다운 사랑이 있었던가? 어쩌면 지금 이 순간, 결혼 20년 만에 맞는 최대의 위기가 아닐까?

그러나 나는 아직도 이 상황이 실감이 나지 않는다. 오히려 이런 일탈을 잊은 듯 훌훌 털고 어디론가 떠나고 싶은 해방감을 만끽하고 싶었다. 하지만 그게 아내와의 사랑이 식어가는 탓 때문이었는지 냉각기가 가져다 준 암담한 결과물이었는지는 스스로도 알 길이 없었다. 단지 어디론가 벗어나고 싶다는 강렬한 욕구만이 남아 있었다고나 할까.

3부_그녀를 만난 날부터 세상이 바. 뀌. 었. 다.

며칠 뒤 다시 출장길에 올랐다. 달리는 새벽기차 안에서 그녀에게 문자를 날렸다.

- 굿모닝! jihyang! 새벽 기차 안에서 커피 한 모금의 여유와 뉴스 페이퍼와 안부를 전합니다.

이상하게 그녀에게로 향하는 자신의 마음. 이는 무엇을 의미하는 걸까.

아침 신문을 펼치면서, 원두커피를 마시면서, 새벽공기를 가르는 기차 유리창 밖 풍경은 가히 황홀한 설렘이다. 통하는 누군가가 함께 한다는 것은 삶의 활력소를 더하는 에너지의 원천이다. 공복의 쌉쌀한 원두커피는 하루를 밝히는 생명수다.

'띵동!'

문자가 왔다. 적당한 시간차를 알리는 시간.

- 쌤! 좋은 아침이에요. 운동가는 중이에요.

- 아, 그러세요. 전화 통화 될까요?

– 네!

전화 신호음이 서너 번 울리는 듯 하는 사이 통화가 연결되었다.

"여보세요!"

"굿모닝! 입니다."

"좋은 아침!!"

그녀의 목소리는 실제 이미지보다 약간 '쿨' 했다. 이른 아침인데도 톤은 '솔'음에 가까웠다.

"운동 가신다구요?"

"네."

"운동이라면?"

"수영 다녀요."

그녀의 취미가 소개되었다. 그녀는 주 5일 아침 8시면 어김없이 운동을 간단다. 그에게 운동은 매일 수영을 하는 것이다. 수십 년을 집 근처 스포츠 센터에서 수영을 해왔다고 한다. 비가 오나, 눈이 오나 하루도 거르지 않고 가는 이유가 있단다. 그 이유가 궁금했다.

"하루라도 운동(수영)을 하지 않으면 몸이……."

"아, 네, 그러니까 중독이 되셨네요."

"중독! 호호!! 사실은 매일 씻는 것 때문에……."

갑자기 웃음이 나오는 것을 가까스로 억누르며,

"씻는다면?"

"네, 저는 집에서 세수를 잘 안 해요. 거기서 항상 몸을 씻거든요."

그녀는 '샤워'라는 표현 대신 '씻는다'고 했다. 신이 인간에게 모두 다 주시지 않는다는 말을 누구에겐가, 어느 책에선가, 들었던 것이 명징하게 증명되는 순간이다. 그녀의 본명은 숙경, '송숙경'이다. 그녀의 이름은 이미지에 잘 어울리지 않는 것 같았다. 그녀로부터 처음 문자가 왔을 때 내가 생각해 놓았던 그녀에게 걸 맞는 애칭을 지어주고 싶었다. 섹시한 지성미에 어울리는 이름을 떠올려 보았다. '인경, 혜미, 은애' 몇 개의 이름을 붙여보았다. 그녀의 이미지에 향기를 넣어 주기로 했다. '향기!~' 향기나는 이름, '知香지향!' [알知, 향기香] '知香지향!' '香氣'를 아는 여자. '송지향!'~ 괜찮은 이름 같았다. 그래서 문자를 통하여 그녀의 '好不好!'를 알아보았다. 대답은 단번에 '베 리 땡 큐!!'였다. 본인은 기존의 이름으로 살아왔던 수 십 평생을 이제, 향기나는 이름 [知香지향!]으로 멋지게 후회 없이 살아보겠다고 했다. 아름다운 이름을 지어준 대가로 나는 그녀의 선생님! '쌤!'이 되었다. 항상 문자 말미에는 'From your ssem!'으로 종결되었다.

그리고 그날의 컨디션에 따라 '지향!'과 'jihyang!'으로 구분되기도 했다. 처음 그녀를 만났을 때의 정숙한 이미지와는 다르게 그녀의 성격은 너무 발랄했다. 아니, 화통化通했다. 그래서 궁금증을 이렇게 문의했다.

"지향 씨, 성격이 천성적으로 그렇게 쿨합니까?"

"호호! 쌤, 그렇게 보였나요?"

"사실을 말할까요? 음, 고백한다면. 처음 쌤을 본 순간부터 첫눈에 고압볼트가 전신을 태웠어요! 호호. 지금까지 수십 년을 살면서, 여러 사람들을 많이 만났지만 첫눈에 '짱!'한 적이 없었던 것 같아요. 말하자면 쌤의 첫인상이 절 못 견디게 했어요! 핸섬한 이미지에 지성의 향취? 고수의 내공! 호호! 쌤! 우리 함, 해볼까요? 이 세상 끝나는 날까지!! 호호."

외모와는 달리 활달한 성격의 그녀는 단번에 아, 이 남자가 나를 채워줄 '제2의 동행자'다! 라고 마음먹었단다. 지성이 있으면, 얼굴이 부족하고, 얼굴이 되면, 지성이 모자라는 무언가 2%가 부족했다. 마셔도 채워지지 않는 목마름처럼 지금까지 숱한 그룹, 동호인들의 임원을 꿰차고 있었지만, 워낙 세상에 가진 자들의 일그러진 일탈은 부족한 허기를 채울 수 없었단다.

그녀 역시 원만한 결혼은 아니었다. 사업가인 아버지의 강요에 의한 결혼이었다. 그러니까, 지금의 남편과의 첫만남이 되었던 중매의 첫선 때부터 처녀시절 꿈꾸었던 이상형이 아니었다. 끈질긴 청혼에 우여곡절 승낙한 결혼생활은 무언가 채울 수 없는 우울한 허공의 연속이었다. 풍족한 경제생활이 활달한 그녀의 공백을 메워줄 수 없었다. 그리고 사업가인 남편의 잦은 음주와 원인 모를 외박이 그녀를 흔들리게 한 이유인지도 모를……

4부_'먹구름이 몰려오고'

가족과 함께 저녁을 먹기로 한 주말 오후에 전화 신호음이 울렸다. 약간 야릇한 예감이 스쳤다. 혹시 그녀일까? 여긴 아내가 도사리고 있는 집인데, 불현듯 불길한 예감을 감추며 스마트폰 액정화면 케이스를 넘겼다. 다행히 지인에게 걸려온 전화다. '권프로'의 닉네임이 떴다. 한숨을 감추며 전화번호를 오른쪽으로 밀었다.

"여보세요! 여보세요!"

전화 감이 제법 멀게 느껴졌다. 어디에선가 왁자지껄한 소음이 들려왔다.

"아, 권 프로님! 지금 어디신데요?"

"강철민 씨! 이쪽으로 오소. 철민 씨 집 근처 강변막창에서 시원한 '쏘맥' 한잔하고 있다 아입니까? 허허 밤풍경도 좋고, 안(?) 풍경도 죽인 다 아입니까? 퍼뜩 오이소! 철민 씨! 여어, 철민 씨를 애타게 기다리는 사람이 있따카이."

“아, 그래요. 조금만 기다려 주세요.”

백로가 지난 다음이라 제법 선선한 밤 기온이 술맛과 흥취를 돋워줄 짠한 분위기다. 집 근처이긴 해도 걸어서 가기엔 꽤 먼 거리이다. 강변이 가로 놓여 있어서 둘러서 가려면 꽤 먼 거리이다. 워낙 음주 측정이 잦은 터라 차를 두고, 빠른 걸음으로 가도 족히 20분은 걸리는 시간이다.

아내가 연속극에 빠져 있는 틈을 이용해 아무도 모르게 슬쩍 집을 빠져나왔다. 이미 휴대전화 신호음이 두 번을 넘어서고야 주점에 발길이 닿았다. 막창 굽는 냄새가 구수하게 입맛을 돋우었다. 주점 안이 시끌벅적, 막창연기로 사람들의 얼굴을 분간하기엔 조금 시간이 걸렸다. 두리번거리는 사이에 한쪽 구석에서 여러 명으로 보이는 한 팀이 손짓을 하였다.

“철민 씨! 강철민 씨! 이리오소! 아따, 뭐 그리 굼뜬 교! 맛있는 술 다식었구마!”

네댓 명으로 보이는 권 프로가 앉아있는 둥근 테이블엔 남자 2명, 여자 3명이 어느덧 얼굴에 홍조를 띄며 몇 순배 돌고 돈 ‘쏘맥’ 잔의 투명한 글라스가 거품으로 넘쳐나 있었다. 주점 조명 탓인지 미시로 보이는 3명의 여자들은 매우 들뜬 분위기로 나를 맞아주었다.

“철민 씨! 인사하소! 오늘밤 1일 파트너 아잉 교!”

미시들의 차림새가 매우 파격적이었다. 핫팬츠 차림, 넓게 파인 티셔츠 관능적인 롱 다리, 야밤에 짙은 선 그라스 패션, 선정적인 네일아트! 분위기와 함께 꽤 괜찮은 수질이다.

“저, 처음 뵙겠습니다. ‘주리’라고 해요. 함주리! ㅎㅎ.”

“네에, 반갑습니다. 강철민입니다.”

“말씀 전해 들었습니다. 권 프로님께.”

“아, 예! 감사합니다.”

“글 쓰신다구요. 시인, 소설가, 사진작가, 부러워요. 호호. 종합예술인! 오늘밤 여기 오신 걸 환영해요!”

“이 밤을 위하여!~ 영원한 1일 파트너를 위하여!~ 건배!”

권 프로의 건배제의에 모두 잔을 들었다.

“철민 씨! 노.틀.카(놓지 말고, 틀지 말고, 카 하지 말고) 브라보!~”

어느새 시간이 까맣게 흘러가고 있었다.

가족회식을 깜빡 잊고 있었다. 이미 시간은 강물처럼 흘러갔고, 시계는 갈 때까지 간, 자정 무렵, 직접 걸려온 전화와 휴대폰 문자메시지가 전화 액정 속에서 어지럽게 늘려있었다.

- 지금 어딘데? 애들 다 와서 눈 빠지게 기다리고 있는데, 도대체 정신이……. 알아서 해요? 우리끼리 밥 먹을 테니!

이미 때는 지났고, 아내의 문자와 전화가 오늘따라 두려움이 사라지는 건 '쏘맥'이 방어의 힘이었다. 분위기는 무르익어 가고, 누군가 2차를 외치고 있었다. 강변을 따라 일행들이 삼삼오오 걸어가고 있었다. 바람이 강변에서 사선으로 불어왔다. 많은 양의 술을 마셨는데도 누구하나 크게 흔들리는 사람은 없었다. 발길 닿은 곳은 통기타 라이브 카페였다. 기타연주를 하는 혼성 듀엣은 멀리서 봐도 부부처럼 느껴졌다. 무대 스탠드 마이크 봉에는 무언가 광고 카피처럼 매달려 있었다. 자리를 앞쪽으로 당겨 앉아서 그 문구를 자세히 읽어보았다. "그대의 지갑이 열리는 순간! 음악은 그대의 지갑을 2배로 채워 줄 겁니다!" 객석으로 '리퀘스트 뮤직' 객석신청곡 용지가 배부되고 있었다. '권 프로'가 무대에 등장했다. 그리고 마이크를 폼 나게 잡았다. 통기타 전주곡이 흐르고 노래가 이어졌다. "가을엔, 가을엔 떠나지 말아요~ 낙엽지면 서러움이 더해요. 차라리 하얀 겨울에 떠나요. 눈길을 걸으며 눈길을 걸으며 옛일을 잊으리라~."

어느새 통기타가 '권 프로' 손에 들려 있었고, 멋진 연주자의 폼으로 최백호의 '내 마음 갈 곳을 잃어'의 노래를 그야말로 프로다운 면모로 좌중을 흡입하고 있었다. 앵콜이 여기저기서 터져나오고, 누구도 예상 못한 최신가요 조용필의 '바운스'로 멋지게 화답하였다.

'권 프로' 그는 과연 프로였다. 닉네임 '프로'의 의미는 그에게 다양한 관계의 뜻을 내포하고 있었다. 골프의 프로, 과거에 대학에서 생활체육과목 골프 지도 교수로서 한 때를 풍미하였다. 악기 또한 그의 손이 닿으면 마술처럼 술술 풀려 나왔다. 그러나 진짜 프로의 의미는 따로 있었다. 부모로 물려받은 입체적 용모 타고난 화술! 주체할 수 없는 예능의 끼가 넘치고 있었다. 어느 날 모 방송국 프로 "세상에 이런 일이?" 담당 피디에게 자신의 장끼를 공중파를 타고 전국에 알릴 계획을 문의하였다. 그는 매일 앉았다 일어서기 하체 단련 808회씩을 한 번도 거른 적이 없다고 한다. 그리고 팔굽혀펴기 303회, 윗몸일으키기 202회를 수십 년간 생활화 하였다고 한다. 그는 어느 날 그의 사무실에서 입구 문을 잠그고 두꺼운 전화번호부 2권의 무게를 달아서 보여주었다. 약 5킬로그램의 중량이었다. 그것을 천으로 만든 장바구니에 넣고 다시 무게를 점검하였다. '권 프로' 그 사나이가 잠시 뒤돌아서서 바지 지퍼를 내렸다. "짠 짜 자 안!~" 그의 남근이 막대 저울처럼 터질 듯, 탄탄하게 브이 자형을 이루어 5킬로그램의 두꺼운 전화번호부 2권의 무게를 거뜬히 지탱하고 있었다. 바로 이 파워! 남성의 파워를 전국에 전파하겠다는 "세상의 이런 일이" 프로에서 기용을 자랑하겠단다. 담당 피디 역시 구미에 당기는 멋진 기예이지만……. 도저히 방송을 타기에는 부적절한 탓에 결국 해프닝으로 마감한 사건이었다. 그래도 끝까지 자신의 파워의 위용을 위해 담당 피디에게 커텐 속 그림자 쇼를 부득, 부득 우기기도 했다. 그의 용모는 '의사, 교수, 변호사, CEO' 어느 것을 내세워도 아무 손색이 없는 천의 얼굴을 가진 세기의 카사노바를 방불케 했다. 그래서 그는 대장간에 대장장이가 무쇠를 강철로 만들듯 그의 몸을 단련한다. 국을 먹거나, 찌개를 먹을 때에도 그는 절대로 염분섭취를 줄이기 위해 국물을 먹지 않는다.

그날 우리의 만찬은 절정에 달했던 것 같다. 그러나 그건 아내와의 관계를 되돌릴 수 없는 결과를 낳고 말았다. 후회했지만 이미 되돌릴 수 없는 시간들이었다.

5부 _ 처음, 그녀와의 달콤 쌉싸래한 여행

드디어 그녀와 단둘만의 시간을 가질 기회가 왔다. 우리는 차를 몰아 동해안으로 향했다. 바다의 수평선은 데칼코마니처럼 반듯하게 나뉘어져 있었다. 동해의 푸른 바다 검푸른 물결이 넘실대는 심해엔 오랜 풍화작용으로 암석이 된 지층처럼 고기들이 고요히 질서를 지킬 것이다. 바다를 나란히 하는 해안도로 산 아래엔 이국풍의 모텔들이 곳곳에서 모델처럼 서서 길손을 유혹하고 있다. 천년을 지켜온 기암절벽들 사이 분재처럼 고개 내민 해송들이 자연의 조화를 증명하듯 앙증맞게 바다를 지키고 있다. 오가는 자동차 차창 속엔 세상에서 가장 행복한 표정의 사람들이 낙원을 향유하듯 드라이버를 만끽하고 있다. 삶이란 무엇인가를 고민하는 세상 사람들이 바다를 보면 금방이라도 선문답의 화두가 풀릴 것 같은 모든 것을 받아주는 바다. 그래서 연인들이 즐겨 찾는 데이트 장소를 바다로 선택하는 이유일 것이다. 그녀와의 설레임의 첫 데이트를 고민하며 찾은 곳이 바다! 동해 바다다. 맞선을 볼 때 가장 주목해야 할 첫 번째가 장소 선정이다. 그리고 안락한 분위기 실내의 부드러운 무드 조명이다. “한잔의 술은 재판관 보다 더 빨리 분쟁을 해결해 준다.”고 하는 에우리피데스의 말처럼 술꾼의 술 또한 닫혀있던 마음을 활짝 열어준다. 그래서 분위기는 모든 조건의 우위에 있다. 동해바다 포구엔 오래전부터 단골이 된 횟집이 있다. 부부가 통통배를 타고 나가 그물로 직접 잡아오는 싱싱한 자연산 활어. 바닷물이 넘실대는 전망 좋은 창이 있는 부부횟집이다. 도착 1시간 전에 주문을 하면 도착에 맞춰 투박하지만 바다를 느낄 수 있는 싱싱한 자연산 맛 배기 해산물과 두툼하게 회를 뜬 푸짐한 활어회가 공복의 식욕을 돋운다.

‘싸움의 기술’에서 상대를 향한 선방의 타깃은 강력한 방어이다. 미리 가본 장소에선 언제나 자신이 주인공이 된다. 첫 데이트의 장소를 찾아가는 설레임은 모든 골치 아픈 문제를 일시에 녹여주는 명약이다. 그녀가 손수 운전하는 그녀의 대형 승용차 조수석에 앉아 동해를 바라본다. 굽이치는 파도가 몰려왔다 부서지며 하얀 포말을 남긴다.

“선생님! 창을 내릴게요.”

“네, 바다 내음 오랜만이네요.”

“아, 저 바다 수평선을 느껴 보세요.”

"아름다워요!"

"지향 씨! 만일 살다가 죽음을 맞게 된다면 어디에 묻히고 싶나요."

"글쎄요. 선생님은요?"

"알아맞혀 봐요?"

"나는, 바다에 묻히고 싶어요. 저 넓은 바다 읽어도 다 읽지 못하는 어머니의 마음 같은 바다! 어때요, 바다! 저 그윽한 수평선 저곳에 육신을 맡기고 싶네요."

"오, 오 역시 시인, 소설가는 표현이 다르시네요."

"선생님! 인연이라는 것 어떻게 생각하세요. 만약 전생이 있다면……."

'지자체'의 화려한 결과물은 시원하게 확장된 도로와 구조물이다. 그녀가 운전하는 고급 승용차의 안락한 승차감과 그녀의 자그만 하얀 손, 잘 칠해진 바다색 매니큐어. 지성과 섹시함의 용모. 어느 듯 목적지에 승용차가 안전하게 주차장에 자릴 잡았다. 그리 세련되지 않은 부부횟집 외관이다. 장거리 운전의 피곤함을 잊은 채, 횟집 마당 활어 수족관엔 다양한 어류들이 시선을 자극했다.

"어머, 저게 문어 아니에요? 선생님! 사람 같아요. 앉아있는 사람. 종류가 넘 많아 보여요."

"어서 오세요!"

횟감을 준비하며 주방에서 인사를 하는 부부횟집 부부.

"오신다고 해서 창가 쪽으로 자리해 놨어요. 잠시 앉아 계시면 곧 준비해 드릴게요."

창가 바다 풍경이 설렘을 더 했다. 테이블 밑으로 다리를 뻗고 약간의 어색함을 방안에 걸려 있는 달력 그림 풍경으로 화제를 돌렸다. 그리고 얼른 휴대폰을 열어 노래를 검색했다. 사람과 나무의 '쓸쓸한 연가'를 클릭했다. 노래가 방안의 어색한 공기를 타고 고즈넉이 울려나왔다.

나 그대 방에 놓인
작은 그림이 되고 싶어
그대 눈길 받을 수 있는
그림이라도 되고 싶어

나 그대 방에 놓인
작은 인형이 되고 싶어
그대 손길 받을 수 있는
인형이라도 되고 싶어

그댈 사모하는
내 마음을

말하고 싶지만
행여 그대 더
멀어질까 두려워

나 그저 그대 뜰에 피는
한 송이 꽃이 되고 싶어
그대 사랑 받을 수 있는
어여쁜 꽃이 되고 싶어

그댈 사모하는
내 마음을

말하고 싶지만
행여 그대 더
멀어질까 두려워

나 그저 그대 뜰에 피는
한 송이 꽃이 되고 싶어
그대 사랑 받을 수 있는
어여쁜 꽃이 되고 싶어

분위기는 순식간에 반전되었다. 그녀는 음식 테이블에 턱을 괴고 사람과 나무의 '쓸쓸한 연가'를 눈을 감고 음미하였다. '천국은 마음이 가난한 자의 것'이라는 성경 구절의 성구처럼 점점 마음이 평화의 무드를 만들고 있었다. 그리고 우리의 대화도 한층 더 가깝게 다가오고 있었다. 부부횟집 아주머니가 정성 들여 차려 내온 싱싱한 활어회와 해산물이 식욕을 자석처럼 당겼다. 부부횟집의 매운탕에는 특별함이 있다. '삼식이'라고 하는 별칭처럼 잡어의 통 마리들과 도톰하게 어슷썰기 한 무, 대파 그리고 쑥갓과 토속 된장이 든, 갖은 양념으로 보글보글 끓여 나오는 특별한 삼식이 매운탕이다. 어쩌면 이 맛 때문에 장거리 시간을 할애하며 부부횟집에 가게 되는지도 모른다. 횟집 창가로 넘실대는 푸른 바다가 보이고 애잔한 노래가 휴대폰에서 흐르고 이슬처럼 맑은 적당하게 냉장된 소주 한 모금, 모든 것이 도취되는 세상을 다 가진 공간이다.

푸짐하게 차려진 먹거리가 하나 둘 바닥을 드러내고 분위기에 마신 낮술이 기분 좋은 당당함으로 뱃심까지 불러왔다. 한잔 술도 못 마신다던 그녀도 적당하게 소주잔을 비웠다. 배가 포만 해지자 그녀가 테이블 상을 옆으로 밀고 비스듬하게 방바닥에 몸을 맡겼다.

"아, 좋다. 이대로 한숨 잤으면 좋겠어요. 선생님!"

"허허, 그러시던지……."

마침 평일이라 부부횟집을 찾아오는 손님들이 뜸했다. 나도 포만감으로 벽에 비스듬하게 기대어 잠시 눈을 감았다. 웬일인지 그녀에게 다가가는 내 마음은 그냥 순수한 편안함이었다. 어쩌면 통장에 예금된 두둑한 잔고처럼 언제나 꺼내 쓸 수 있는 그런 그녀와의 관계일 것만 같았다. 그녀와의 첫 대면의 그때의 스치는 직감! 그 직감은 이 시간까지 유효하고 있었다.

부부횟집 아주머니가 미닫이문을 조심스럽게 노크했다.

"커피 드릴까요?"

"아, 네. 한잔 주시겠어요."

"지향 씨! 커피 어때요?"

"네, 좋아요." 종이컵에 담긴 따끈한 믹스커피가 소화를 촉진시키는 것 같았다. 바닷바람이 얼굴을 스치며 지나간다. 망루가 있는 펜션 앞에서 풍경사진을 찍었다.

"선생님! 우리 사진 찍을까요?"

"아, 네 이쪽이 좋을 것 같네요. 자, 스마일!"

삼각대를 세워 셀프타임을 설정하였다.

"지향 씨! 그쪽에 한번 서 보세요. 제가 그쪽으로 갈게요."

카메라 셔터를 누르고 급히 다가갔다. 찰칵! 역사적인 한 때의 기념사진이 디카에 기록되었다. 그리고 그녀의 포추 레 잇 사진을 얼굴이 돋보이게 아웃포커스 기법으로 보기 좋게 프레임에 담았다. 디지털 카메라는 즉석에서 볼 수 있다는 장점이 우리의 눈을 즐겁게 한다.

"어머! 사진이 예술이네요."

"선생님! 사진작가 같아요."

나는 국문학과 학사과정을 마치고, 늦깎이 사진학과 학사 과정에 재도전하여 사진학과를 졸업했다. 사진학과를 선택하기 전, 아마추어 사진동호인으로 열심히 취미활동을 하던 중이었다. 우연한 기회에 대학입시 요강을 본 것이 어려운 군대생활처럼 신입생으로 예술대학 사진학과를 선택하게 된 인생의 2번째 훈장을 달게 된 사건이다. 해안선을 따라 드라이버 중에 풍경이 좋은 곳에 차를 세워 맘껏 기념사진을 찍었다. 가을이 성큼 들어선 때라 억새가 피어있는 들녘 풍경이 멋진 배경이 되었다. 우리가 테마여행을 할 때 마다 사진을 찍어서 아름다운 추억의 동영상을 만들어 주겠다고 그녀에게 약속했다.

어느덧 해가 기울고 있었다. 서쪽 하늘 붉게 물든 석양 노을이 둘만의 호젓한 드라이버 분위기를 자극했다. 카스테레오에서 샹송이 흘러 나왔다. '에디뜨 삐아쁘Edith piaf'의 장밋빛 인생이란 노래가 감미롭게 가슴을 적셔주는 가운데 우리는 바다를 뒤로 하고 집으로 향했다.

장밋빛 인생(La Vie En Rose - Edith Piaf)

내 눈을 떨구게 만드는 눈
그의 입가에 사라져 버리는 미소
이것이 바로 내가 마음을 바친 남자의
손질하지 않은 초상화예요

그의 품에 안길 때면
그가 나지막한 소리로 속삭여 줄때면
인생은 장미 빛이 됩니다
그는 사랑의 언어들을,
일상의 언어들을 말하지요
그리고 그건 나를 감동시킵니다
행복의 한부분이
내 맘속에 들어 왔어요
그 행복의 이유를 난 알아요
사는 동안 나를 위한 그이고
그를 위한 나라고
그는 내게 그렇게 말했고, 영원히 맹세 했었죠
그리고 그를 흘낏 보기만 해도
내속에서
심장이 콩닥거리는 것이 느껴집니다

한없이 계속되는 사랑의 밤들
그의 자리를 차지하고 있는 커다란 행복
근심들, 슬픔들은 사라지고
죽을 지경으로 행복, 행복하답니다

프랑스 샹송chanson을 대표하는 불후의 명곡으로 1946년에 발표된 참으로 오래된 노래다. '에디뜨 삐아쁘'의 본명은 '에디뜨 조반나 가시옹'이지만 워낙 체구가 작아 '작은 참새란 애칭으로 불리어지는 전설의 샹송가수다. 그는 거리의 가수였던 어머니에게 버림받고 매춘업을 하는 할머니 손에 키워져서 아버지를 따라 서커스단을 전전하며 슬프고 애잔한 신이 내린 천상의 목소리로 노래하며 하루하루를 힘들게 연명하던 에디뜨 삐아쁘의 삶 그자체가 한 편의 슬픈 영화처럼 사람들에게 더 깊은 감동을 주었으리라.

그즈음 이브 몽땅Yves Montand을 만나 사랑에 빠지면서 '장밋빛 인생'을 꿈꾸게 되는 'La vie en rose'라는 세기의 명곡이 탄생하는 계기가 된다.

밤길을 넘는 자동차 헤드라이트 불빛은 둘만의 공간을 더 가깝게 조율하고 있었다. 그녀가 노래에 취하여 조용히 '흠 잉'을 하며 왼손으로 익숙하게 운전대를 잡고 바른손은 나의 왼손을 포개어 잡은 채 산속 도로를 달리고 있었다. 이 순간, 이 보다 더 평화롭고 행복할 수 없는 연애소설 속 주인공이 되었다. 가끔 그녀가 포개어 잡은 바른손에서 알 수 없는 기분 좋은 압박감이 전신을 파고들었다. 이대로 어디든 달리고 싶은 충동이 불길처럼 일렁거렸다.

"지향 씨! 노을이 눈부시네요. 그런데 뭐하나 물어봐도 될까요?"

"말씀해보시지?"

"처음 저의 느낌을 솔직히 듣고 싶은데?"

"호호 쑥스럽게……."

그녀의 옆모습이 오래 보관하고 싶은 애장품처럼 느껴졌다. 그리고 웬일인지 서로가 포옹을 해도 살보다 마음이 먼저 닿을 것만 같은 욕망이 개입되지 않은 순수한 소년과 소녀의 접촉일 것만 같았다. 어느새 어둠이 암흑으로 변했다. 작년 봄에 이 길을 드라이브하며 넘어간 적이 있다. 그때는 대형 승용차 속에 3명이 동승하여 진달래가 만발한 봄 동산을 만끽하였다. 사업을 하는 선배와 그 선배의 여친 그리고 두 사람의 호위병처럼 운전사처럼 동행한 나였다. 그때도 마음은 참 편했다. 아무것도 개입되지 않은 빈 마음 그래서 투명한 유리병은 사람의 마음까지 맑고 투명해지는 느낌이다.

"아, 봄엔 이 산에 진달래가 아름다운데……."

"알아요. 저도 이곳을 가끔 지나가곤 했어요."

그렇다. 누구나 반복되는 여행길이 있다. 그 여행길을 지날 때면 반복적으로 생각나는 사람이 있다. 그럴 때면 괜시리 눈시울이 시리고 먼 고향집이 떠오른다. 사람이 살다가 죽게 되는 날 그날! 그 시간에 제일 먼저 떠오르는 사람이 가장 사랑하는 사람이라고, 어느 책에선가 읽은 것 같다. 그렇다면 나는 그때 누가 제일 먼저 떠오를까? 아직 살날이 남아 있으니까 그것은 그때 생각하기로 하자. 그녀에게 속삭이듯 말했다.

"우리 가끔 좋은 곳에 드라이브해요."

"좋아요, 애니 타임."

"그런데 우리 어디 가서 저녁 먹어요."

"아유, 아직 배가 그대로 인걸요."

사실 이제 집이 가까우니 식욕이 감퇴되는 것만 같았다.

"선생님! 담에 우리 맛있는 것 먹어요."

"그럴까요? 그래도 배고프지 않을까요?"

내가 몰고 온 차는 미리 주차해놓은 주차장에 쓸쓸히 홀로 기다리고 있었다. 차를 바꿔 타기 전에 잠시 그녀의 차안에서 머물러있었다.

"우리 이대로 그냥 가면 섭섭할 것 같은데?"

그녀가 한 손으로 내 손을 살며시 잡았다. 왠지, 용기가 선뜻 나질 않아 그녀의 잡은 손을 위로 들어 하얀 손등에 살며시 입을 대고 어린아이처럼 손등뽀뽀를 하였다. 그러자 그녀가 깔깔대며 웃었다. 순간 당황스럽기도 하고 또, 그 웃음의 의미를 분간할 수가 없었다. 집으로 돌아오는 길에 오늘의 일상들을 셈해 보았다. 무엇이 남는 장사이고, 무엇이 잃은 장사인지 알 수 없는 여운이 우울처럼 밀려왔다. 언제나 사람이 생각하는 것만큼 유지되는 진리는 없는 것 같다. 진리를 생각하면 진리는 항상 저만치 앞서서 안개처럼 종적을 감춘다. 안개 속에 묻혀있는 사물은 추상이다. 추상은 그림자와 같아서 움직이면 따라서 움직이는 보이지 않는 신기루와 같다. 여자란? 알면 알수록 가파른 벼랑처럼 풀지 못한 수수께끼처럼 개운하지 못하다.

"선생님! 잘 들어가시는 거죠?"

그녀에게서 귀갓길 안부전화가 왔다.

"아, 네, 지향 씨도 잘 가시는 중이지요?"

"넹!"

하루 종일 함께 있었으면서도 서로가 확인을 하고 있었다. 언젠가 먼지처럼 소멸될 사연들처럼 언젠가 이슬처럼 스러질 현실들이 잃어버린 기억처럼 까마득히 미래라는 현실을 무시해버리는 순간이었다. 누구나 이별은 있게 마련이다. 단지 그 사실을 기억하기 싫고, 또 그 사실들이 본인에게는 절대 찾아오지 않을 것만 같은 망각의 늪에서 잠시 서성거릴 뿐이다. 갑자기 고시조 하나가 입안에서 맴돌았다. "산천은 의구한데 인걸은 간데없네, 어즈버 태평연월이 꿈이런가 하노라!~"

6부_떠오른 것, 멀어지는 것

잠시 기억에서 멀어져 있던 사람들이 문득 떠오를 때가 있다. 그러나 얼굴은 눈앞에 얼른거리는데, 이름이 도무지 생각나지 않을 때가 있다. 어쩌면 나이 탓이기도 하고 건망증 때문일 수도 있다. 하나를 생각하면 하나가 생각나지 않는 뇌세포의 퇴보, 생이 소멸되는 징조이다. 후배 정영철에게 전화를 걸었다. 한참 신호음이 울린 후에야 연결되었다.

"선배님! 요즘 많이 바쁘시네요. 통 얼굴보기 어렵씀다."

"아, 미안 그렇게 됐네."

영철의 카랑카랑한 목소리가 학창시절이나 지금이나 변한 게 없다. 대학동아리에서 만난 사이인데 졸업한 후 줄곧 만남을 지속한 유일한 후배와의 인연이다. 그는 매우 보수적이다. 서예를 하는 엄한 아버지 밑에서 어릴 적부터 훈계 속에 자란 탓에 이렇다 할 애인 하나 없이 지금껏 독신주의자로 지낸다. 그렇다고 주위에 여자가 없는 것 또한 아니다. 그의 주위엔 항상 여자들이 따라 다닌다. 그의 용모 또한 보통 수준 이상의 꽤 괜찮은 편이다. 어쩌면 따르는 여자들과의 보통 사이 이상의 관계를 유지할 것만 같은데 파악하기 힘든 아이러니를 가지고 있다. 그의 사교성 또한 매우 수준급인데도 불구하고, 이성과 친구사이의 평형이 저울처럼 반듯하다. 전화 통화는 계속 이어졌다.

"선배님! 오늘 저녁 한잔 어때요?"

"아, 한잔 좋지! 어디서 할까? 잘 가는데 있어?"

"소주는 막창의 전설이 좋고, 맥주는 프랑켄이 끝내줍니다."

"그러지 말고 '쏘맥' 어떨까?"

"좋습니다. 그러면 막창의 전설에서 저녁 7시에 만납시다. 강촌 유원지 부근입니다."

"오케이! 7시에 거기에서 만나세."

무언가 굿 뉴스가 모처럼 후배와의 술맛을 핫하게 당길 기대감이 풍선처럼 가슴을 부풀린다. 오늘따라 도로가 주차장을 이룬다. 도착할 시간을 10여 분 넘긴 상태이다. 휴대폰 신호음이 세차게 울린다. 후배 정영철이다.

"선배님! 도착했습니다!"

모처럼 만에 만난 후배 정영철은 짧게 자른 헤어스타일 때문인지 더 탄력 있는 청년으로 변해있었다.

"오랜만입니다. 선배님! 목 빠지는 줄 알았습니다. 그런데 좋은 일 있어요? 선배님! 나이가 다이어트 된 것 같네요."

"자, 우리 술이나 마시자!"

불길 위에서 지글대는 막창의 고소한 내음이 술맛을 당기게 했다.

"자, 건배! 우리의 '쏘맥'을 위하여! 위하여!"

공복에 목으로 넘어가는 알콜의 속도는 번개처럼 빨랐다. 노릇하게 잘 익은 막창 한 점을 입에 넣고 씹는 고소한 맛과 쏘맥의 부드러운 목 넘김의 찬란함 천국을 망각하는 순간이다. 댓바람에 술병이 비워지기 시작했다. 그리고 우리의 흥취도 알코올 도수에 융합되어 분위기는 막창이 굽히는 색깔만큼이나 알맞게 무르익어 갔다.

"어, 그런데 선배님! 궁금한 의문을 잊어버리셨네? 이 밤을 그냥 위하여!로 보낼까요?"

"아니, 후배님! 오늘 같이 흥겨운 날! 어찌 뉴스를 펑크 낼 수 있는가? 어디 한번 읊어 보시게. 비중에 따라 2차 그 다음까지 무한정 내가 쏜다!"

그는 한참 딴청을 피우는가 싶더니 나를 향하여 '브라보!'를 외쳤다. 취기로 상기된 영철의 얼굴에서 야릇한 기분 좋은 느낌의 전율이 가슴을 요동치게 했다.

"후배님! 뜸 들이지 말고 불어보게나. 타는 냄새 나기 전에…….”

그는 안쪽 주머니에서 뭔가를 뒤적이기 시작했다.

“어, 분명히 여기 들어있었는데, 어디 갔지. 발이 달렸나?”

“뭐야, 속 타는 냄새 난다.”

“선배님! 인애 소식 들었습니까? 가까운 거리에 그대가 있다는 사건을…….”

“인애가 근처로 이사라도 했단 말인가?”

“인애 아들은 군대 가고, 딸은 독일 유학 중입니다.”

인애는 우리와 문학 동아리 활동을 함께 해온 선후배 사이이다. 그리고 영철과는 대학 같은 과 클래스메이트이다. 우리는 축제 때나, 특별한 날엔 반드시 세 사람이 움직였다. 가끔 네 명의 짝을 이룰 때도 있었지만, ‘의기투합! 도원결의!’는 우리 세 명의 환상적 트라이앵글이 변형된 적이 없었다. 그랬던 학창시절의 선후배의 ‘유니섹스’한 밤샘의 기록적 나날들이다. 그렇게 달콤했던 우리들의 관계는 어느 날 결국 ‘사선!’을 넘게 되었다. 그 후 공백의 시간 동안 영철과 인애와의 연락은 꾸준히 이어졌다는 사실이다. 그가 드디어 과거를 컴백시키는 ‘서스펜스’한 드라마를 공개할 일촉즉발의 시간이다.

“선배님, 인애 보고 싶지 않아요?”

“어, 그런데 인애 이사한단 얘긴 전해 들었는데…….”

"제가 그동안 인애 보호자 노릇 좀 했습니다."

"아, 그래 잘했네, 지금 인애 어딨나?"

후배 영철은 깊은 숨을 몰아쉬며 취기에 상기된 얼굴로 한참 동안 말이 없었다. 그리고 그라스에 가득 쏘맥 한잔을 단숨에 들이키더니 말문을 열었다.

"선배님! 지금부터 시작하겠습니다. 인애 남편이 병원에서 사망하던 날 동기회에서 연락이 왔어요. 그동안 지병이 있었다는 얘길 문상 자리에서 들었죠."

"그런데, 어디가 아팠데?"

"척추관 협착증에 심한 우울증으로 수년간 알아 왔담다."

'척추관 협착증'은 신경이 지나가는 통로인 척추관의 퇴행 및 손상으로 인대가 두꺼워지고 부풀어 올라 척추관의 공간이 좁아지게 된다. 이로 인해 신경에 압박이 가해지고 통증이 나타나게 되는 매우 고통이 심한 증상을 동반한 병이다. 그렇다. 그동안 귀엽고, 깜찍하고, 명랑 쾌활한 인애와의 만남에서 한 번도 그늘진 구석을 찾아볼 수 없었다. 그녀의 남편이 대기업체 연구실에서 근무한다는 사실만 전해 들었다. 그러고 보면 인애는 절대 가족에 대해 말하는 일이 없었다. 가끔, 그녀의 아들과 딸에 대한 얘기가 대화 중에 한두 번 오갔을 뿐이다. 집의 중심축이 '대들보'이듯, 인간에 아니, 남자의 대들보는 강인한 '허리'이다. 그

허리힘으로 남자는 밤의 전사가 되어 뜨거운 용광로처럼 낮 사이에 일어난 잡다한 부부간에 일들을 일순간에 용해시킨다. 그리고 개선장군처럼 큰대자로 누워 수컷의 향기를 서서히 거두어들인다. 일순간 인애가 몹시 보고 싶은 충동이 불길처럼 뜨겁게 일어났다. 지난 날 함께 했던 인애와의 만남들이 멜로영화 장면처럼 빠르게 스쳐지나갔다. 휴대폰 연락처 검색란에 '서인애'라고 또박또박 쳐 넣었다. 그런데 검색 창에 '연락처가 없습니다.'라고 떴다. 다시 한 번 반복해서 이름을 입력하였다. 대답은 마찬가지였다. 아내의 휴대폰 습격이 있은 후부터 여자라는 이름들을 삭제하게 되었다. 그렇다! 내가 연락해야 할 소중한 여인들의 본명을 남자의 이름으로 입력하였다. '서인애'를 '서인열'로 그런데 그 이름이 주소 검색 창에서 사라지고 말았다. 인애 남편의 사망이 있은 후 인애에게서 연락이 오기만을 기다렸던 참이었다. 아뿔싸! 인애는 아마 나의 전화를 기다렸을 수도 있었을 것이다. 명랑 쾌활한 인애의 본성에 집착한 나의 착오였다. 어쩌면 남편과의 사별 후 말 못할 인애만의 자존심에 많은 날들을 홀로 고민하였을 지도 모르는 일이었다.

"선배님, 전화번호 찾아요?"

"응. 그런데 없어? 사라졌어. 전화번호에 이름이……."

정영철이 자신의 휴대폰에서 인애의 전화번호를 검색하여 내

앞에 들이밀었다. 전화번호 숫자 2자리가 겨우 늘어났는데, 사람들은 아예 외우기를 거부하고 무조건 연락처에 습관적으로 입력저장한다. 심지어 가족들의 전화번호까지 전화번호 연락처 검색에 의존하고 있다. 인간이 수치를 기억하는 지능이 고도로 발달하게 된 것은 암산능력과 암기능력에서였다. 그러나 주판대신, 전자계산기가 나오고 다이얼 전화대신, 액정판 휴대전화가 나오면서 이미 인간의 암기능력은 퇴화되기 시작했다. 그리고 노래방 가라오케 시설이 설치되면서 대중가요 가사들이 서서히 죽어가기 시작했다. 그래서 티브이 연예오락 프로에 도전 1,000곡이 출몰하게 되었다. 문명의 이기가 불러온 인간의 뇌기능을 서서히 소멸시키는 바보 시스템으로 전락하게 되었다. 디지털의 혁명이 불러올 미래의 전쟁! 누구도 예측할 수 없는 공상 과학 같은 영화 '아바타'처럼 영화의 대사에 이런 대화 내용이 나온다. 'I see you(당신의 영혼을 마주합니다)'

'교감'이라는 것은 커뮤니케이션을 펼치고자 하는 상대자에 대한 관심에서 시작된다. 이러한 관계 속에서 우리는 사회 공동체를 이루고 서로의 교감을 통하여 우정이 되기도 하고 또 사랑이 되기도 한다. 인애와의 사이에서 나는 그동안 커뮤니케이션의 기본을 상실한 매우 바보스러운 한 남자가 되었다. 후배 정영철의 휴대전화 명단에서 인애의 전화번호를 빠르게 내 휴대전화 연락처에 입력하였다. '쏘맥'의 부드러움 때문인지 복합적인 흥분 때문인지 술병들이 군락을 이루며 쌓여갔다. 마음 같아선 늦은 밤이지만 당장 인애에게 전화 통화를 하고 싶었다. 몇 번을 망설이다. 후배의 한마디에 다음날을 기약했다.

"선배님! 인애 지금 전화해도 받지 않을 껌다. 밤 10시 후엔 어김없이 전화기가 꺼져 있으니까요."

나는 자세한 내용을 더 이상 묻고 싶지 않았다. 그리고 그동안의 정황을 빠르게 감지할 수 있었다. 얼마나 술을 마셨는지 이미 넓은 공간의 술집에는 한두 테이블의 손님들만 흔들리는 시야에 멈춰있었다.

"선배님, 그만 일어나시죠. 오늘은 제가 쏠게요."

처음 약속했던 술값 지불의 순서가 바뀌게 되었다. 내 몸 상태를 간파한 후배 영철이 날렵한 몸을 세우고 카운터에서 카드 결제되는 소리가 바람처럼 스쳤다. 대리운전 기사가 깨울 때까지 정신을 놓고 잠에 빠져있었다. 눈을 떠보니 아파트 주차장이었다.

*　　　　　　　　　　*

깊은 새벽 곤히 잠든 아내의 실루엣이 어렴풋이 보였다. 대충 옷을 벗고, 도둑처럼 살그머니 잠자리에 몸을 밀어 넣었다. 아내의 뒤척임이 예민하게 촉수를 건드렸다. 뭔가 불편한 심기가 우울하게 가슴속을 파고들었다. 일부러 코를 골며 자는 척 호흡을 불규칙하게 하였다. 그러길 수차례 하는 동안 최면처럼 몸이 가벼워짐을 느끼며 눈이 깊이 감겼다.

아내의 재촉하는 소리가 잠을 깨웠다.

"지금 몇 신줄 알아요? 밥 안 먹을 거예요? 도대체 밥상을 치워야 볼일을 보지."

더 이상 누워 있을 분위기가 아니었다. 그리고 오늘은 저녁에 콘서트를 보기로 약속한 날이다. 아침부터 컨디션 조절에 문제가 생기면 불투명한 정황들이 매우 심각한 후유증을 동반할 것만 같았다. 대충 세수를 마치고 식탁에 앉았다. 이미 분위기가 냉기를 흘리며 아내의 한마디가 날라 왔다.

"도대체 정신이 있는 사람인지, 아직도 청춘인줄 아는지 참, 나. 달력이나 한번 쳐다보시지?"

어젯밤 과음 탓에 정신과 몸이 따로 돌아다녔다. 가정 충실도에 성적을 매긴다면 '수우미양가'의 절반 아래로 추락되는 불길한 시점이다. 어차피 벌어진 상황을 수습할 길은 오늘 저녁 있을 콘서트 관람 후 뒤풀이에서 점수를 다소 만회할 기회를 포착할 유일한 기회만 남았다. 아내는 바쁜 스케줄이 있는지 급히 서두르며 아침 뒷정리를 당부하고 찬바람을 일으키며 현관문을 열고 휑하니 나가버렸다.

평온을 회복하는 유일한 이 시간 아침 식탁의 썰렁함이다. 등산 백을 챙겨 가까운 '함정산'을 올랐다. 휴대용 라디오에서 클래식 음악 프로가 마음을 안정시켰다. 라디오 프로 디제이가 불후의 명곡을 작곡한 18세기 거장들의 숨은 이야기들이 이어폰 속에서 영화장면처럼 흘러나왔다.

예술가들의 상상력은 어디서 나오는 걸까? 인간은 태어나면서부터 외로움의 근원을 등에 지고 다닌다는 말이 있다. 그래서 예술이 생겨나고. 예술은 외로움의 빈 공간을 채워주는 투명한 물질로서, 누구나 그 투명한 공간을 상상의 날개를 만들어 자유로운 유영을 하게 된다. 그래서 예술가들은 상상력의 원천을 위해 다양한 시도를 한다. 마약을 하기도 하고, 술을 마시기도 하고, 커피를 음용하기도 하고, 담배를 피기도 하며, 때론 아름답고 섹시한 여인과 대화를 나누고 사랑을 느끼기도 한다. 뤼케르트의 말처럼 "술과 미인은 악마가 소유하고 있는 두 개의 그물이다." 라고 말하지 않았던가? 초기 예술의 거장들의 연애 스캔들은 주로 임자 있는 유부녀를 상대로 대담한 애정 행각을 일으키는 일들이 유행처럼 번졌던 전설 같은 일화들이 있다. 미술의 거장 '피카소'는 그의 미술 작품전에 명실 공히 그를 스쳐간 역대 여인들의 계보가 족보처럼 작품과 함께 전시되어있다.

모처럼 아내와 함께 근사한 곳에서 저녁을 먹고 콘서트를 관람

하였다. '아르츠콘서트' 명화와 음악 그리고 해설이 있는 예술의 향연 루브르 천 번을 가본 남자의 아르츠콘서트 였다. 이탈리아 문화 여행 편으로 영원의 도시 로마, 꽃의 도시 피렌체, 빛의 도시 베네치아, 예술의 도시 밀라노를 배경으로 한 주옥같은 명화의 뒷이야기들이다. 산드로 보티첼리의 '비너스의 탄생', 미켈란젤로의 '최후의 심판', 레오나르도 다빈치의 '최후의 만찬' 등 유럽 도슨트 계의 전설인 해설가의 화려한 입담이 현장에 와있는 착각을 불러일으켰다.

공연을 마치고 아내가 제안한 막창거리 아리랑 골목을 찾아갔다. 밤을 밝히는 야시장의 화려한 조명들이 오늘밤의 에너지를 채울 좋은 분위기였다. 삼삼오오 모여 앉은 막창집 좌석마다 술과 웃음꽃이 만발하며 밤을 밝히고 있었다. 막창이 적당하게 굽히고 냉기가 흐르는 소주병과 마주 앉은 아내의 모습이다. 소주잔에 소주를 부어주는 아내. 오늘밤엔 아내에게 야시장 풍경의 분위기보다 더 멋진 프로젝트를 고백하고 싶었다. 몇 잔의 소주잔이 비워지고 마치 엄마 앞에서 들뜬 아이처럼 두서없이 내가 이야기를 꺼냈다.

"아, 오늘 밤 분위기 어때?"

아내가 말했다.

"저번 초등학교 동기회 때 번개모임을 이곳에서 했는데, 나는 이곳 지리가 낯설어 오지 못했는데……. 오늘 드디어 당신과 함께 멋진 데이트 장소가 됐네."

내가 말했다.

"우리 이제 가끔 밤 데이트 어때?"

"호호, 좋은 생각!"

아내도 오늘따라 어린아이처럼 마음이 들떠 있는 기분이었다. 그리고 오늘따라 매우 호의적이기도 했다. 그래서 내 마음을 꺼내놓고 싶어졌다.

"여보! 우리 이제 가족이 단출하게 됐네. 당신과 나 단둘이서 남은 세상을 넓고 깊게 향유해야지? 이제 모든 걸 나에게 마음 놓고 맡겨보시지?"

아내의 호의적인 태도에 나도 기분이 좋아져 말을 이어갔다. 그러나 모든 건 거기까지였다.

내 그 말에 잘 나가던 분위기가 갑자기 어두워지는 조명처럼 흐려지고 있었다. 몇 잔의 기분 좋은 알콜의 흥분이 찬물처럼 싸아 했다. 갑자기 용접 같은 푸른 불꽃이 무방비 상태에서 내 가슴 한가운데로 튀었다. 그녀의 표정이 갑자기 굳어졌다.

"뭐, 사랑하는 그대! 그 여자 도대체 누구야? 그렇게 좋아? 그러면 같이 살던지?"

갑자기 야수처럼 돌변한 아내의 폭탄 발언. 야시장의 화려한 조명들이 하나둘씩 바람 앞에 등불처럼 꺼져가고 있었다. 술 한 잔 입에 대지 못하는 맨 정신의 아내의 입에서 깜짝 발언이 쏟아져 나왔다. 얘기치 못한 상황의 돌발 발언! 뭔가 돌파구를 찾아야했다.

"아니, 갑자기 왜 그래? 잘 나가다 술 취한 사람처럼? 아니 내가 뭘 그렇게 잘못 했나?"

금방이라도 내 얼굴에 소주잔이 날아올 것만 같은 기세였다. 술기운에 내가 말했다.

"아니, 그러면 당신은 살면서 여자들만 만나나? 골프치고, 수영하고, 등산하고, 뭐, 거기 오는 사람들이 모두 여자들인가?"

나는 갑자기 분하기도 하고, 그렇다고 섹스하다 들킨 현장도 아니고 그리고 지금까지 그러한 현장을 목격당하거나, 근래에 그러한 상황들이 전혀 없었기에 도저히 억울함을 억지로 참고, 읊조려야 할 '센티맨탈'이 아니었다.

누군가 우연히 나를 목격한 사람이 있었다. 어느 음식점인지, 커피숍에서 인지, 목격당한 그녀와의 데이트다. "밤말은 쥐가 듣고, 낮말은 새가 듣는다."는 속담처럼 "아니 땐 굴뚝에 연기 나랴"처럼, 그동안 아내는 속으로 삭혀 왔던 울분이 마침내 활화산처럼 폭발한 것이다. 생각하면 할수록 가증스러웠던 것이다. 나는 취기가 오른 만큼 무감각한 뻔뻔함으로 맞서기 시작했다. 근사한 새 삶의 '뉴 프로젝트'를 멋지게 청혼처럼 공개하려는 찰나! 근사한 꿈의 프로젝트는 산산조각 두 동강 나는 해프닝으로 종결되었다. 요즘 유행하는 황당 유머처럼 남자의 본분을 망각한 대담한 '시추에이션'이다. 한 치의 주저함 없는 대꾸 앞에서 아내는 마침내 본심을 토로하였다.

"야, 참 가시내가 아를 낳아도 할 말이 있다더니, 가관바가지구만, '머스마'답게, 딱 부러지게 시원한 한마디 못하고!"

아내는 선걸음에 일어나 주차된 차를 향해 냉정하게 걸어갔다. 하는 수 없이 도둑고양이처럼 뒤를 따라 차에 올랐다. 그러나 순간 아내는 방금 전 사태를 지워버리고 '쿨'하게 한마디 했다.

"오늘 일은 여기서 끝냅시다!"

그리고 아무 일 없었다는 듯 유유히 밤길을 헤쳐 나갔다. 불같은 성격은 일순간 바람 앞에 등불처럼 잦아들었다. 그러나 이미 입력된 사건은 어느 것으로도 지울 수 없는 오래된 화석처럼 아내의 가슴에 저장되어 언제 폭발할지 모를 휴전선 지뢰밭 지뢰 같았다. 생각하면 할수록 우연히 목격당한 데이트 현장이 거짓말처럼 아쉬운 후회가 밀려왔다. 남녀는 이성이라는 수식어가 붙는다. 이성이라는 수식어 앞에서 잠깐의 실수가 영원히 헤어나지 못할 그물 속 포획된 짐승이 되기도 하고, 길 잃은 한 마리 사슴이 되기도 한다. 어느 날 우후죽순처럼 생겨난 모텔들을 볼 때 그것이 하룻밤 나그네가 묵고 가는 처소인줄만 알았다. 밤이면 오색등 네온사인 유혹하는 모텔 앞에서 얼마나 많은 이성들이 끓는 몸을 지글지글 불태웠을까. 조물주의 실수가 빚어낸 불륜의 현장들 얼마나 허술하면 집나온 한 쌍들이 밤의 천국을 향유하고도 끝없는 사선의 고지를 점령하려 했던가? 유행가 가사처럼 "님이라는 글자에 점 하나만 찍으면 남이 되는 인생사!"라고 절규했던가? 로또복권 당첨되면 바뀌는 1순위가 '조강지처'라는 말처럼 돈 앞에서 도는 인생! 악마가 쳐 놓은 두 개의 그물, 술과 여자 수컷의 본능이 거세되지 않는 한, 남자! 그 누구도 자유로울 수 없는 성욕의 성곽이다. 음과 양의 조화처럼, 물과 물의 당김처럼 어찌할 수 없는 이성의 화학적 반응 앞에서 수컷들은 잠시 집으로 가는 길을 잃는다.

*　　　　　　*

출근길 급히 엑셀레이터를 밟고 가는 차안에서 문자 음이 울렸다. 푸른 신호등이 계속 연동되어 문자 확인이 어려웠다. 얼마를 지나 고가교 앞에서 차들이 줄을 지어 선 틈을 이용하여 메시지 창을 열었다. 기대한 문자가 아닌 스팸 문자였다.

– 고객님 소액에서 서류 없이 당일 대출가능 하세요. 전화주세요.

곧이어 한통의 문자 신호음이 울렸다. 인애였다. 잊히고 이미 멀어진 줄 알았던 그녀가. 갑자기 마음이 고동치기 시작했다. 오랫동안 기다렸던 마음이 들통이라도 난 것 같았다.

– 선배! 오랜만이네. 그동안 잘 지냈어? 며칠 전 문자 잘 받았어요. 선배! 갑자기 배고프네? 선배가 고파지네(?). 곧 만날 날을 기대하며!

갑자기 배가 불러온다. 오늘 점심을 먹지 않아도 든든할 것 같은 충만감이 공복을 뜨겁게 채우고 있었다.

7부_회 상

인애와의 데이트장소는 어둔 밤 산정호수가 두루마리처럼 길게 누워있는 금옥산 공원 아래 길 카페에서, 커피 한 잔씩을 테이크 아웃하여 그녀의 차안에서 음미하며 시트를 맥시멈으로 누이고 별을 보며 시를 이야기하는 밀애장소였다. 가끔 인애 여자 친구가 동행할 때도 있었다. 그녀의 여자 친구는 매우 내성적이라 처음 만났을 때 인사와 헤어질 때 한 번의 눈인사로 대신하는 게 고작이다. 인애와는 아주 대조적인 성격을 가진 그 여자 친구의 본래 성격이 궁금하여 인애에게 물어본 적이 있다.

"저 친구 원래 조용해? 아님, 내가 좀 이상하게 비췄나? 외모와는 대조적인데."

인애의 너무 의외적인 대답에 갑자기 웃음이 나왔다.

"선배! 저애 이름이 뭔지 알아? 내가 전에 얘기 안했던가?"

"뭔데?"

"호호, 이상년."

"하하, 이.쌍.년."

그래서 지금까지 인사를 해도 이름을 말하지 않은 것 같았다. 인애는 랍스타를 좋아했다. 와인을 곁들인 랍스타, 그녀가 자주 가는 랍스타 전문 레스 카페 'peel&soul'을 몇 번 간 적이 있다. 물론 계산은 항상 그녀의 현금지급이었다. 랍스타와 와인 한잔 그리고 라이브음악을 들으며 별밤을 함께 지켰다. 그렇게 고급음식의 후한 대접에도 불구하고 항상 내 뱃속은 얼큰한 찌개 생각에 개운함을 떨칠 수가 없었다. 어쩌면 그것이 태어난 지역의 차별화된 식성일까? 기호일까? 문화일까? 그녀는 항상 랍스타 카페에서 하는 일이 있다. 와인을 한 모금씩 음미하며 단문의 시를 적는다. 마치 일본의 '하이쿠' 같은 단시의 아포리즘! 그녀는 테이블에 꽂혀있는 하얀색 냅킨에 삽화를 그리듯 즉흥시를 적어서 나에게 감상평을 청한다. – 한잔의 붉은 입술! 길 잃은 사슴! 젖은 밤 숲속을 헤매노니……. 그녀의 시를 읽으며 마치 내가 조선에 와 앉아있는 선비가 된 듯한, 감상에 젖기도 한다. 그 옛날! 평양 명기名妓 寒雨를 만난 임제선사가

"북천北天이 다커늘 우장雨裝 업시 길을 나니/ 산의 눈이 오고 들에 비 온다/ 오은 비 마시니 얼어 가 노라"라고 읊자, 寒雨한우는 이에 화답하여 "어이 얼어 자리 므스 일 얼어 자리/ 원앙침鴛鴦枕·비취금翡翠衾을 어듸 두고 얼어 자리/ 오늘은 비 맛자시니

녹아 잘 노라."라고 읊었다. 임제가 '한우'라는 기생 이름에 빗대어 찬비라 하자, 한우도 찬비에 빗대어 원앙침 비취금에 녹여 자라한 것이다. 남녀 간에 주고받은 시조이나 속되지 않고 아취雅趣가 있는 고시조의 멋과 풍류다. 인애는 어쩌면 조선에서 환생한 명기인지도 모른다는 생각이 항상 머릿속을 떠나지 않을 때가 많았다. 나 역시 고시조, 현대시조를 고등학교 국어시간에 통째로 암기한 터라 初章 첫 시 단어만 나오면 녹음기에 녹음된 재생 테잎처럼 술술 풀려 나온다. 인애 역시 운율 좋은 명시들이 바람에 낙엽 날리듯, 하늘하늘 실려 나온다. 어느 날 인애의 생일기념을 부탁해 왔다.

"선배! 내 생일 기억할거지? 그런데, 조건이 있거든."

"뭔데?"

"우리 '원 나잇! 투데이' 그리고 아주 근사한 케익과 달콤한 붉은 와인!"

"그러지 뭐! 어디서 할까?"

"경주, 킹 덤 호텔 예약 해 놨어! 보문호수가 보이는 전망 좋은 창가가 있는……."

그날이 왔다. 우린 매우 들떠 있었다. 마치 어린애가 소풍을 가듯, 예쁜 포장 포장마다 정성과 환희와 설렘과 닥쳐올 환 타지에 대한 욕망이 뜨겁게 목구멍을 자극하였다. 미끄러지듯 호텔 주차장에 인애가 몰고 온 체리 색 승용차를 파킹하고 호텔 로비 카운터에 체크인을 하였다. 웨이트의 안내로 호텔 '엘리베이터'에 올랐다. 금빛 찬란한 엘리베이터 7층의 번호를 눌렀다. 몇 초의 시간이 매우 지루하게 느껴졌다. '띵동!' 엘리베이터 문이 열리고 긴 복도 앞을 돌아 707호 문 앞에서 키를 돌렸다. 덜커덕! 문이 열리고 키 박스에 키를 꽂았다. 은은한 실내 등불이 분위기를 압도하였다. 호텔방 미니현관에 나란히 신발을 벗고 가져온 짐들을 내려놓았다. 커튼이 반쯤 벗겨진 호텔 방 창 너머로 보문호수가 그림처럼 아름답게 시야에 들어왔다. 그리고 눈부시게 하얀 침대보와 탄력 있는 쿠션의 감촉! 이미 천국과 지옥의 2개의 문이 함께 마중하고 있었다.

"선배 먼저 샤워해!"

잠시 주춤할 여가도 없이 인애의 예정된 프로그램에 따라 움직이기만 하면 되는 오토 시스템의 실행이다. 욕실에 샤워기를 틀었다. 세차게 내뿜는 물줄기가 오늘의 행사를 예감하였다. 인애가 준비해온 허브 향 샴푸에 머리를 감고, 오이 향 비누로 얼굴을 씻어냈다. 샤워 타월에 '보디 샴푸 액'을 듬뿍 묻혀 거품을 일으켜 허브향이 전신에 퍼지도록 부드럽게 문질렀다. 그리고 가볍게 눌러 짠 치약을 묻혀 입안 속속 목구멍 입구까지 클린하게 양치질을 하였다. 샤워를 하는 사이, 인애가 베드용 타월을 하체

허벅지정도에 두르고 샤워실로 들어왔다. 약간의 김이 서린 샤워실 거울에 비친 인애의 나신이 잘 발달된 여성 누드모델처럼 탐스러웠다. 이미 서로가 허용한 무언의 약속에서 오히려 그녀의 행동은 수동적인 나에게 뜨거운 에너지로 작용하게 되었다. 그녀는 자신이 체면을 유지한 마지막 부분을 벗는 순간부터 호칭도 옷을 벗었다.

“자기! 다이어트 해? 몸매가 군살이 하나 없네?”

약간의 심리적 갈등이 순간의 행동을 결정짓게 하는 찰나! 그녀가, 또 한마디 했다.

“자기, 샤워 다 끝났으면 테이블에 케잌과 와인 디스플레이 하지, 분위기 있게! 와인 잔은 트렁크 열면 가운데 부분에 포장되어 있어.”

예정된 수순을 프로그램화 하려는지 나에게 차례차례 주문하기 시작했다. 샤워를 마친 물기 있는 몸을 타월로 닦아내며 호텔방 창가에 놓여있는 간이 테이블 의자에 앉아 보문호수를 바라보았다. 역광에 비친 물여울들이 소설의 내러티브처럼 수많은 말들로 별처럼 반짝이고 있었다. 인애가 시킨 대로 유리 테이블 위에 케익을 올려놓고 와인 잔 포장박스를 열어 두 개를 나란히 배치하였다. 인애가 특별 주문한 맞춤 케익엔, 둘을 특별 기념하는 문구가 새겨져 있었다. “축! 오늘 밤을 위하여!” ‘샤또 마르삭 세귀

노 마고' 와인레이블에 적혀있었다. 포장 박스가 인애 모습처럼 고급스러워 보였다. 잠시 와인의 내용이 궁금하여, 얼른 스마트폰에서 검색해 보았다. '영롱한 빛이 감도는 루비 빛 레드 컬러, 잘 익은 붉은 과일 향과 함께 까시스, 라즈베리 등의 향과 오크 숙성을 통한 나무 향 등이 좋다. 미디엄 바디의 와인으로 잘 숙성된 탄닌의 질감이 좋으며 지금부터 5년 정도까지 음용하기에 좋다. 소고기, 양고기와 같은 붉은 육류요리나 치즈와 함께 할 때 잘 어울린다. 음용온도 16~18℃' 이렇게 검색되었다. 창밖이 점점 밤의 향취를 더하는 오렌지 빛 가로등이 불을 밝히는 보문 호수가 그림처럼 놓인 경주 킹 덤 호텔의 역사적인 밤이다. 실내를 무드 등으로 밝혀놓았다. 머리를 잘 손질한 인애가 샤워실에 들어올 때처럼 베드 타월을 허벅지 위에 두르고 등장했다. 누드 모델처럼 나이를 초월한 신비할 정도의 몸매를 유지해온 그녀의 특별한 몸매관리의 의문이 빠르게 머릿속을 지나갔다. 어쩌면 부모로부터 물려받은 우수한 몸매의 DNA 탓인지도 모를 일이다. 그녀의 식습관이나, 하루도 쉼 없이 몸매 관리를 위하여 거르지 않는다는, 헬스트레이닝과 요가 운동 탓인지도 모를 일이다. 인애의 하얀 속살이 드러난 전신에서 오늘밤 무언가를 채워줄 아니, 채워야할 격정의 '원 나잇 투데이'의 향기 나는 하룻밤을 생각하니 입안 가득히 고여 오는 침을 도둑처럼 소리 없이 삼켰다.

서로가 半裸의 몸으로 테이블에 마주 앉았다. 자꾸만 뽀얀 흰빛을 띤 베드에 오르고 싶은 충동이 점점 벗은 몸을 달구었다. 인애가 나에게 물었다.

"자기야, 양초 몇 개 꼽을까?"

양초가 든 봉지엔 오색으로 된 양초가 여럿 들어있었다.

"인애 맘대로 해."

"큰 것으로 2개만 꼽자."

"그러던지, 그런데 두 개의 특별한 의미를 설명해야지."

그녀는 웃으며 말했다.

"호호, 두 개는 한 몸을 상징하지? 한자의 사람 人처럼……."

과감한 그녀의 말투에 모든 것을 내려놓기로 마음먹었다. 대학 시절 동아리 활동에서 밤낮이 닳을 정도로 붙어 다닌 막역한 사이였지 않은가. 두 개의 촛불을 밝히고 와인을 그라스에 따랐다. 잔의 반 정도가 차도록 그라스를 비스듬히 누이고 유리잔 벽면으로 붉은색 와인을 부드럽게 부었다. 안주는 하얀색 치즈였다. 인애가 건배를 했다. "오늘 밤을 위하여!" 와인 그라스 부딪히는 소리가 호텔방 공간에서 섹시한 음향으로 들렸다. "위하여! 오늘 밤을!!~" 재창하는 나의 목소리는 아직 마시지 않은 와인에 취해 있었다. 그녀의 작은 입술을 통하여 붉은 색 와인이 몸을 적시고 있었다.

보문호수의 밤이 무르익어가는 호텔 유리창 하나 사이에 둘 만의 밤의 풍경도 어느새 숙성되어갔다. 한잔 알콜의 힘이 윤리의 시공을 초월하여 '마이크로코스모스'의 세계처럼 손이 손을 당기고 몸이 몸을 당겼다. 아직 물기가 남아있는 인애의 매끄러운 몸에서 와인 향과 허브 향이 촉각을 마비시켰다. 모든 언어가 살아나오는 언어의 집, 포개진 입술이 거머리처럼 흡착되어 욕망의 통로에 한없는 사랑을 확인하는 실제 상황이었다. 호텔 방안이 풍선처럼 부풀어 오르며 그 자력으로 몸과 몸이 공중부양하듯 하얀 베드로 옮겨졌다. 인애의 자그만 입술에선 달콤한 드롭포스의 감미로운 향기가 났다. 그리고 한없이 내 입술이 빨려 들어갔다. 가끔 그녀의 신음소리가 발끝을 타고 올라오고 있었다. 나는 잃어버린 시간들을 보상받기라도 하듯이 입술을 그녀의 온몸 구석구석으로 거슬러 내려가고 있었다. 이마와 볼, 목과 어깨와 허리를 지나 잘 다듬어진 다리의 순서로, 그녀의 세세한 곳 하나까지도 탐미하겠다는 심정으로 입을 맞추었다. 그때 그녀가 나를 힘껏 안았다. 나는 순간 그 몸짓에 놀랐지만 가슴속에는 견디기 힘든 불길이 뜨겁게 타오르고 있었다. 누가 먼저라 할 것 없이 우리는 서로의 입술과 혀를 깊이깊이 빨아들였다. 그녀의 몸이 바람 한 점 샐 틈 없는 밀착된 공간에서 휴대폰 진동처럼 가늘게 떨리고 있었다. 인애와의 가슴속 품어 왔던 욕망들을 확인하는 가장 솔직한 절차였다. 온몸을 휘감으며 올라온 전류는 터질 듯 부푼 나의 뜨겁게 달아오른 남성이 그녀의 은밀한 곳에서 윤활유처럼 매끄럽게 흡입되었다. 서로는 말이 필요 없었다. 오직 가슴 속 저장된 모든 사랑의 언어를 몸으로 실행하는 충실한 시간이었다. 우리는 서로의 몸을 깊이 포옹하며 가장 진실한 시간의 감정을 회복하며 몸과 몸을 나누었다. 그녀의 살에서 풍겨 나오는 허브 향기는 죽었던 사람도 살아날 것만 같은 상상 속 여인의 향기였다. 그녀와의 나누는 몸과 영혼의 교제 속에서 그녀는 어떤 감정을 흘려보내고 받아들였는지 알 수 없었지만, 하얀 치아를 드러내며 흡족하게 미소 짓는 눈가에서 눈물이 흘러내렸다. 알몸으로 부둥켜안은 우리는 오랜 시간 정화되지 않은 것들을 치유하며 알 수 없는 눈물과 환희의 웃음을 나누었다. 얼마동안 침묵이 흐르고 그녀가 입을 열었다.

"선배, 우리 도망갈까? 지구 어느 곳으로……."

그녀의 눈에서 알 수 없는 비장함이 느껴졌다. 무언가 표현할 수 없는 응어리가 가슴 깊이 박혀있는 것만 같았다. 호칭 역시 본래의 방향으로 돌아왔다.

"선배, 우리 같이 있으면 안 될까?"

나는 이러한 상황에서 딱 꼬집어 속 시원한 정답을 돌려줄 수 없는 자신이 매우 바보처럼 느껴졌다.

“으응, 우리 좋은 대안을 만들어 보자.”

문득 그리스 신화 ‘피그말리온(pygmalion) 효과’가 머릿속을 스치고 지나갔다. 그리스 신화에 나오는 조각가 피그말리온의 이름에서 유래한 심리학 용어이다. 조각가였던 피그말리온은 아름다운 여인상을 조각하고, 그 여인상을 진심으로 사랑하게 된다. 여신女神 아프로디테(로마신화의 비너스)는 그의 사랑에 감동하여 여인상에게 생명을 주었다. 이처럼 타인의 기대나 관심으로 인하여 능률이 오르거나 결과가 좋아지는 현상을 말한다. 심리학에서는 타인이 나를 존중하고, 나에게 기대하는 것이 있으면 기대에 부응하는 쪽으로 변하려고 노력하여 그렇게 된다는 것을 의미한다. 간절히 원하면 이루어진다는 내용이다. 그녀는 서울에서 태어나서 대학을 마칠 때까지 줄곧 서울 토박이 생활을 해왔다. 우리가 문학 동아리 시절에 자주 다녔던 인사동 골목과 몇몇 카페는 지울 수 없는 둘만의 흔적의 유물로 남아있다. 서울대 뒷산을 오르내린 관악산 등산 코스와 도봉산 산책길에서의 추억들이 푸른 시절에 기록이다. 대학 MT로 다녀왔던 남이섬의 한때와 춘천 소양강 댐을 배 타고 들어가서 밤을 지새웠던 나날들이었다. 그녀와의 자연스런 추억 거리와 선후배의 정이 쌓여온 행적들이 오늘의 관계를 이어지게 한 우리들의 무지개다리였다.

인애가 건네준 예쁜 포장지에 쌓인 오늘을 기념하는 사랑의 징

표를 열어보았다. 곱게 포장된 그녀의 마음담은 선물은 인애가 좋아한다는 남성의 향수 '샤넬 알뤼르' 였다. 샤넬 향이 강한 듯 여성스러운 향이 그녀가 좋아한다는 향수였다.

"선배, 내가 생각날 때 '알뤼르'를 뿌려봐."

그녀는 오래전부터 나에게 줄 선물을 준비하고 있었다. '선비는 자기를 알아주는 사람을 위해 목숨을 바치고, 여자는 자기를 기쁘게 해주는 사내를 위해 얼굴을 꾸민다.'는 '士爲知己者死 女爲悅己者容사위지기자사, 여위열기자용' 중국춘추시대 말기 진晉나라에 '지백'이라는 권력자의 일화가 생각났다. 누구나 가슴 속에 숨겨둔 표현하지 못한 별처럼 반짝이는 '로망'이 있다. 그 가슴 떨리는 '로망'을 위해 일생을 살아가는지도 모른다.

"인간은 삶이 두려워 사회를 만들고, 죽음이 두려워 종교를 만들었다."는 말처럼 구원이 없는 종교를 누가 믿으려 하겠는가, 믿지 못하는 남자를 누가 사랑하겠는가. 인애의 눈빛에서 설핏 욕망의 빛이 비쳤다. 아무도 간섭받지 않을 그녀만의 표정에서 오늘의 사건이 점점이 기록되었다. 그녀는 알몸의 누드모델처럼 잘 다듬어진 비너스를 나에게 홑이불 속에서 밀착시켰다.

"선배, 오늘을 우린 미래에 어떤 추억으로 기억될까?"

"으, 음 글쎄……." 인애는 자신의 가느다란 하얀 손으로 나의 왼쪽가슴에 돋아난 작은 젖망울을 아이처럼 어루만졌다.

"인애, 아무것도 그려지지 않은 도화지 알지? 그 하얀 도화지에 인애는 무얼 그리고 싶지?"

인애의 손이 나의 얼굴 뺨을 스치며 귓불을 부드럽게 만지작거리다가

"선배, 그것? 호호."

매우 즐거운 생각이 떠올랐는지 내 귀를 살며시 잡아당겼다. 그리고 귓속말로 속삭였다.

"우리 피카소처럼 서로의 심벌의 상징을 '큐비즘'으로 표현하면 어떨까?"

"허허, 그거 참. 기막힌 상상력인데……."

우리는 서로 마주보고 누워서 한참 동안 아이처럼 깔깔거리며 세상 밖으로 유영하였다. 그리고 잠시 침묵이 흘렀다. 인애가 다시 입을 열었다.

"선배, 우리 그림 그리자. 큐비즘의 미학! 누가 먼저 모델이 될래?"

그녀는 매우 들뜬 목소리로 다리를 치켜 올리며 즐거워했다.

"아무래도 이브의 초상이 먼저 아닐까?" 그러자 인애는 다시 한 번 나에게 말했다.

"선배, 미켈란젤로의 '천지창조' 어떻게 생각해?"

'아담의 탄생' 교황 율리시스 4세는 미켈란젤로에게 시스티나

대성당의 천장화 그리는 작업을 맡겼다. 무려 4년간의 긴 시간을 걸쳐서 완성된 작품이다. 그녀는 나에게 이렇게 제안했다.

"선배, 우리 가위 바위로 결정하지."

우리는 몸을 일으켜 세우고 진지하게 순서 가리기 게임을 했다. '하나, 둘, 셋'하면 주먹과 가위 중 하나를 선택하는 흑백게임이다. 단 게임에 지는 사람은 나체의 알몸을 일정한 시간동안 먼저 보여주어야 한다. 우리는 게임을 시작했다. 몇 번의 우열을 가리다가 결국 내가 지고 말았다.

"자, 포즈를 취해보실까요?"

갑자기 몸이 굳어지면서 뭔가 어색한 기분이 들었다. 그녀는 연신 호호거리며 휴대폰을 꺼내 부분과 전체를 촬영하는 것 같았다. 그녀는 글쓰기와 취미로 그림을 그리는 것이다. 처음엔 서양화를 주로 그렸는데, 요즘은 '캐리커처'를 그린다고 했다. 그림의 소재에 따라 능숙하게 그려내는, 그림에 상당한 소질을 가진 그녀다. 가끔 내 초상화를 그려줄 때도 있었다. 그녀가 그려준 초상화는 지금도 내가 글을 쓰는 서재에 걸려있다. 그녀의 동생이 시각디자인을 전공한 그쪽 방면에 꽤 잘나가는 사람이라고 했다. 그녀도 동생이 콘테스트에 입상한 금상작품을 집에 들고 와서 거실에 걸어놓았다고 한다. 사람들은 저마다 타고난 소질과 끼가 존재한다. 어떤 사람은 손재주가 뛰어나고, 어떤 사람은 노래를 잘하고 또 어떤 사람은 요리솜씨가 좋아 가족들의 식탁을 풍성하고 맛나게 한다. 다양한 테크닉을 가진 사람들, 우리는 그들을 전문가 또는 재주 있는 사람이라고 한다. 그리고 요리솜씨가 좋은 사람은 섬세하고 또 무엇? 하나를 더 잘한다는 말을 '권 프로'에게 들었던 것 같다.

말이 나온 김에 권 프로의 이야길 해야겠다. 어느 날 '권 프로'는 지인의 소개를 받고 벚꽃이 만발한 봄날. 전주 어딘가에서 국악학원을 운영하는 미모가 출중한 여자 원장을 만나러 갔다. 처음 만나는 여자 원장을 보자마자 악수를 청하였다. 초면에 원장의 표정이 난색을 표하는 눈치였다.

백화점 쇼핑 중 문득 눈에 띈 권 프로의 육감적 물건이 있었다. 권 프로가 선물로 준비해간 낚시미끼 '피에르가르뗑' 양산을 펼쳐 보였다. 컬러와 문양에 대해서 이야기하다가, 그만 피부 접촉 불꽃이 튀어 그 자리에서 눈이 맞았다. 그렇게 내숭 떨던 미모의 원장이 한순간에 입맞춤이 시작되었다. 급기야 달아오른 몸을 식히기 위해 걸친 옷을 서로 벗으며 일이 무르익을 찰나였다. 밖에서 학원 출입문 노크 소리에 '혼비백산!' 처음 만난 두 사람 얼씨구! 일은 큰일이 벌어지고 말았다. 그녀의 남편이 불시 방문을 한 것 같았다. 아무리 천하에 카사노바도 막상 벌어진 사건에 눈앞이 캄캄해왔다. 보이는 게 아무것도 없었다. 우선 급한 김에 벗은 옷을 병풍 뒤로 던졌다. 벗어놓은 신발을 챙겨 쥐새끼 굴속에 꼬리 감추듯 병풍 뒤에서 오금을 저리고 있었다. 그녀 역시 요조숙녀의 자태에서 갑자기 예정에도 없는 바람제비 불을 만난 것이다. 몸이 몸을 추스르지 못하고 그만 불장난의 불이 붙었다. 겨우 수습하고 노크소리의 응답을 기다렸다.

"누, 누구세요?"

"선생님! 계세요?"

제자들이었다. 그날 전주에서 국악 공연이 있는 날이었다. 제자들이 남은 시간을 죽이기 위해 원장 스승님을 불시에 찾아왔다. 울지도 웃지도 못하는 '헤프닝'으로 끝났다. 그 후 원장에게서 재회의 전화가 종종 걸려왔다. 원래 '프로'들은 한번 걸린 고기는 그것으로 '1막 1장' 대단원의 막을 내린다. 그들만의 엄격한 철칙이다. '권 프로'의 해설을 들어보면 단 한 번의 여인을 만나기 위해 몸을 만든다. 하체 단련으로 매일 새벽아침 쪼그려 앉아 일어서기를 한다. 쉼 없이 800번 하고도, 덤으로 8번을 이를 악물고 버틴다. 그날의 단 한 번의 멋진 섹스를 위하여 고단백식품 굴을 먹는다. 정액의 양을 배가시키는 아연을 먹는다. 피 나는 코피 나는 실전 훈련은 휴일이 없다고 했다. 그래서 그는 어느 곳, 어느 장소에도 물 좋은 활어를 만나면 반드시 놓치는 일이 없다고 했다. '권 프로'의 이야기는 계속되었다. 또 한 번은 우연히 잘못 걸려온 전화를 받게 되었다. 그 목소리가 천상의 선녀 목소리여서 잠시 정신이 혼미하였다. 그녀의 전화번호를 입력하고 만나기를 간청하였다. 그쪽에서도 흔쾌히 수락하고 만남의 날이 되었다. 몸 단장, 마음 단장, 온갖 단장을 다해 그녀를 만나기 전 1미터에서 그만 아연실색 까무러칠 뻔하였다. 몸매가 바람 들은 풍선처럼 둥실 부풀어있었다, 얼굴은 4층에서 떨어진 메주덩이 같은데 이미 일은 벌어지고 말았다. 애써 신사도를 발휘 멀리 전주에서 찾아온 고객을 위해 고급 커피숍에서 커피 타임을 가졌다. 단골 모텔을 향해 베드신을 열연하려던 찰나! 아뿔싸! 이건 아닌데, 이건 아닌데 하체에 신호가 왔다. 갑자기 권 프로의 단련된 男根이 쌀뜨물에 빠진 듯, 숙숙 줄어들었다. 때마침 걸려온 구원의 휴대전화 벨소리에 지옥 같은 현장을 극적인 '쇼쌩크 탈출'하게 되었다. 잠시 후 그녀의 전화가 걸려 왔다. 다짜고짜 쏟아지는 그녀의 한 맺힌 절규의 목소리!

"야이, 멀쩡한 인간아! 너 이 자식! 세상 그렇게 살지 마라! 내가 한마디 충고 하겠는데……. 너, 돼지고기 좋아하지? 얌마! 똑바로 들어. 돼지 상판 때기 보고 잡아 묵냐? 오늘 너 생전에 맛난 천하육미를 놓쳤다는 사실을 나중에 알게 될 것이여!"

그 이후 권 프로의 특별 문서 조항엔 '다음'과 같은 경고문이 하나 추가 되었다. 섹스의 세 가지 원칙 하나, 하고 싶은 사람과,

둘, 하고 싶을 때에, 세엣, 안전하게, *추가 조항, 하나, 반드시 '전화목소리'는 실물을 비교 대조한다! 라는 추가 조항을 엄격하게 지금도 철칙으로 지킨다고 했다. '권 프로' 그는 여자의 모든 것을 육감적 직관으로 요리하였다. 여자의 미세한 몸짓하나로 30분짜리? 1시간짜리?로 작업을 완성했다. 야생동물의 예리한 후각처럼 천성적 타고난, 감각기관으로 모든 여자들을 그의 여자로 만드는 신출귀몰한 제비학교 '특수교사'이다.

라디오에서 '시월의 어느 멋진 날에'가 바리톤 김동규의 목소리로 울려나왔다. 계절은 꽃이 피고 지는 동안 새로운 옷을 갈아입는다. 무덥던 여름이 금방이라도 몸을 녹일 것만 같았던 지긋 지긋함을 산뜻한 가을바람이 여름의 옷을 벗겼다. 나는 커피 한잔을 마시며 가을 하늘을 바라보았다. 구름 한 점 없는 맑은 가을 하늘 높이 솟은 교회당 첨탑이 점점 더 높게 솟아오르고 있었다. 나는 잠시 눈을 감고 회상에 잠겼다. 넓고 잘 다져진 흙 마당에서 자치기하는 소년이 방금 홈에서 쳐올린 날아가는 싸리나무로 만든 자그마한 자가 높이 떠올라 담장을 훌쩍 넘어가고 있었다. 때마침 마당 위로 고추잠자리들이 벌 떼처럼 날아와 공중에서 원을 그리며 날고 있었다. 어린 철민은 잠자리를 바라보다가 장작더미 사이 기다란 나무 막대기를 집어 들고 잠자리가 날고 있는 공중에 장대를 세웠다. 그리고 빙빙 잡아 돌렸다. 잠시 대열을 이탈했던 잠자리 한 마리가 나무 끝에 날아와 앉았다. 철민은 나무 장대를 살금살금 내려 잠자리 꽁무니 쪽을 향해 움켜잡았다. 순간 손안에서 꿈틀대던 잠자리가 하늘 위로 날아올라갔다. 아쉬움을 떨치며 철민은 검지손가락을 고추 세우고 잠자리 쪽을 향해 나지막이 소리 내었다. "잠자리 꽁꽁 잠자리 꽁꽁 여기, 여기 붙어라 여기, 여기 붙어라." 잠자리도 어린 철민의 소원을 받아주었다. 사뿐히 내려앉은 잠자리를 여지없이 낚아채었다. 붉은 고추잠자리였다. 철민은 고추잠자리를 손에 쥐고 노래를 불렀다. "뜸북 뜸북 뜸북새 논에서 울고……." 먼 하늘을 쳐다보며 '오빠 생각'의 노래를 목청껏 소리 높여 불렀다.

철민은 노래를 부르고 나서 아무도 없는 텅 빈 마당에 앉아서 소리 없이 눈물을 흘리고 있었다. 갑자기 싸리문 열리는 소리가 들렸다. 산으로 나물 뜯으러 갔던 어머니가 돌아오셨다. 철민은 더욱 설움에 북받쳐 눈물을 흘리며 어머니에게 달려갔다. 어머니는 머리에 이고 온 산나물을 내려놓으시며 어린 철민의 눈가의 눈물을 닦아주셨다. 어머니의 몸에서 풀 냄새와 산나물 냄새 그리고 달콤한 어머니의 평화로운 냄새가 어린 철민을 감싸주었다.

철민은 얼른 방으로 들어가 일기를 쓰기 시작했다. 내일 학교에 가져갈 숙제다. 제목은 '우리 어머니'다.

제목: '우리 어머니' – 오늘은 자치기를 하였다. 아무도 없이

나 혼자 하였다. 너무 심심했다. 그래서 장대로 잠자리를 잡았다. 그래도 심심했다. 그래서 노래를 불렀다. '오빠생각'을 불렀다. 그런데 나는 여자가 아니다. 그래도 그 노래가 나는 제일 먼저 떠올랐다. 우리 집엔 누나가 둘이 있고, 형님도 둘이 있고, 동생은 하나다. 내 동생은 운동을 잘한다. 달리기는 항상 일등을 한다. 아이들과 씨름을 해도 항상 일등을 한다. 그러나 나는 운동을 못한다. 그리고 싸움도 잘 못한다. 아이들이 시비를 걸면 겁이 나서 피한다. 그러면 내 동생이 나서서 내 편을 들어준다. 어떤 때는 내 또래 아이들과 싸움이 붙었는데 잘 안 진다. 나는 책 읽기를 좋아한다. 아버지가 소 먹이러 가라 하시면 소를 풀밭에 매어놓고 동화책이나 아무 책이나 본다. 어머니가 읽으시는 '권입중 전'이나 아버지가 읽으시는 '새 농민 책'도 한참 읽다보면 빨리 어른이 되고 싶어진다. 나는 우리 어머니가 이 세상에서 제일 좋다. 나는 우리 어머니가 제일 좋다. –

가끔 철민에게 동네 누나들은 연애편지를 부탁한다. 누나들이 책을 읽듯 옆에서 불러주면 철민은 편지지에 연필로 편지를 받아 쓴다. 동네 누나들은 학교를 다니지 못했다. 학교는 다녔어도 졸업을 못하고 밭일이나 집일을 돌보는 착한 누나들이다. 철민의 친구나 형들이 있어도 이상하게 누나들은 어린 철민에게 항상 연애편지를 부탁한다. 형들이 보는 '학원'이라는 책 뒤쪽에 '펜팔'

이라고 쓰인 쪽에서 누나들이 몇 명의 이름을 종이에 베껴 적어서 자기들끼리 무어라 귓속말을 한 후 각자의 누나들의 손에 이름들이 불러진다.

그런데 누나들이 나에게 부탁하는 이유는 내가 생각할 때 두 가지 정도에 있다. 하나는 내가 착하다는 것이다. 또 하나는 내가 학교 백일장에서 운문과 산문에서 모두 장원을 하였기 때문일 것 같다. 그 이후로 무슨 일이든 누나들은 특별한 일이 있으면 나를 불러 삶은 고구마나 삶은 감자 가끔은 귀한 눈깔사탕을 몰래 손에 쥐어주며 당부를 한다. 그리고 위로 형들이 두 명 있는데 아버지는 동네잔치나 상을 당했을 때 축하봉투나 조의 봉투를 나에게 부탁하신다. 어려운 한자는 아버지가 딴 종이에 쓰시고 나에게 베껴 쓰라고 훈련을 시키신다. 그리고 그 글귀를 옮겨 쓰고 나면 머리를 쓰다듬어 주신다. 어떤 때는 웃으시며 지갑에서 몇 푼의 돈을 꺼내 주시기도 하신다. 우리 집 방안 벽에는 내가 낙서한 글들이 빽빽이 적혀있다. 형들은 내 머리를 쥐어박으며 낙서하지마 라고 윽박지르기도 한다. 그러나 아버지나 누나들은 항상 내 편이 되어 형들을 뭐라 하신다. 철민은 꿈이 있었다. 어려서부터 도회지로 나가는 꿈을 꾸었다. 책방이 있는 도회지에서 읽고 싶은 책들을 마음껏 읽고 싶은 꿈이다. 그리고 동네 누나들을 가르칠 수 있는 선생님이 되고 싶다는 꿈을 마음속에 새기고 다녔다. 철민의 외삼촌은 수도 서울에서 사신다. 그것도 나라에서 두 번째 높은 계급을 가진 장관 밑에서 중요한 일을 맡고 계신다. 철민은 꿈을 이루기 위해 방학이 되면 외삼촌댁에 놀러갔다. 처음엔 어머니와 함께 갔지만 고등학교를 다닐 무렵부터 혼자 서울 외삼촌댁에서 서울의 문화와 학문의 꿈을 키웠다. 어느 날 외삼촌댁에서 번쩍번쩍 빛나는 검은 세단차를 타고 내리는 하얀 얼굴피부의 멋진 양복을 입은 노신사를 본 적이 있다. 한 사람에게 두 어 명의 중년 남자들이 시중을 들며 동행하였다. 얼떨결에 나도 모르게 고개를 숙이고 인사를 했다. 먼발치였지만 외삼촌과 멋진 신사 분이 나를 향해 무어라 이야기를 하는 것 같았다.

나중에 안 일이지만 높으신 분의 추천으로 나는 대한민국 수도 서울에서 취직을 하게 되었다. 대학 졸업을 얼마 앞두고 이력서를 썼다. 추천한 그분을 친견하진 않았지만, 봉투에 든 서류 하나와 이력서 하나를 가지고 나는 당당히 졸업도 하기 전, 기업체에 취직을 하게 되었다. 봉투에 든 얇은 서류하나가 칼보다, 총보다 더 힘센 위력을 발휘하는 상황이었다. 꿈이란 사람의 욕망을 키우는 인간 설계도이다. 꿈을 작게 그리는 사람, 또 무한정 크게 그리는 사람, 아예 꿈을 꾸지 않는 사람도 있다. 꿈에 따라 꿈이 현실이 되기도 하고 물거품이 되기도 한다. 철민은 안견이 그린 안평대군의 꿈의 그림 "몽유도원도"처럼 잠시 잠깐 일생의 자취들을 회상하며 블로그에서 '시월의 어느 멋진 날에'의 노래를 다시 음미하였다.

"10월의 어느 멋진 날에"

눈을 뜨기 힘든 가을보다 높은
저 하늘이 기분 좋아
휴일 아침이면 나를 깨운 전화
오늘은 어디서 무얼 할까
창밖에 앉은 바람 한 점에도
사랑은 가득한 걸
널 만난 세상 더는 소원 없어
바램은 죄가 될 테니까…….

8부_다시 시작된 기다림

한동안 지향에게서 문자가 오지 않았다. 평소에 그녀에게 문잘 보내면 즉각 응답이 왔다. 그녀의 문자 내용은 매우 간결했다. 내가 보낸 한 편의 시 구절 같은 미사여구를 일순간 '허무주의'로 만드는 몇 자의 언어들. 어쩌면 그녀는 생각이 단순할 수 있다. 아니, '쿨'하다는 표현이 맞을 것 같다. 가끔 그녀가 보내는 문자 중에는 구절이 조금 늘어날 때도 있다. 그럴 땐, 아마도 시간의 여유로움이나, 간섭되지 않은 시간일지도 모른다. 바쁜 일상 속에 사는 사람들은 가끔 무음으로 날아오는 문자들을 잠시 망각할 때가 있다. 그리 중요하지 않은, 급하지 않은 소식들은 며칠 지나고 나서야 생각날 때가 있다. 관심과 무관심의 차이일 것이다. 관심 밖의 사람에게 관심을 유도하는 것은 바보스런 일일지도 모른다. 얄팍한 사람의 마음을 짐작하는 것은 평상심을 유지하는 일이다. '평상심과 중용'의 차이에서 사람들은 항상 비틀거린다. 그래서 사람들은 술기운을 빌리기도 한다. 한 잔술의 위력은 윤리를 지배한다. 술기운에 쏟아낸 언어들. 어쩌면 그것이 그 사람의 본성일 지도 모른다. 친구 철희에게서 전화가 왔다. 오늘 지방에 골프모임이 있어 하행하는 중이란다. 저녁 7시쯤 한잔하자는 반가운 내용이다. 마침 휴일이고 해서 등산준비를 하고 인근 함정산에 올랐다. 휴대용 라디오에서 아마추어 수필가들의 수필들이 잔잔하게 방송을 타고 흘러나왔다. '부부싸움'이라는 제목의 수필이다. 어느 노부부가 수십 평생을 살면서도 서로의 식성을 정확하게 이해 못하는 내용이다. 수필의 마무리는 결국 아들딸 출가시키고 드디어 남은 몇 년이라도 편히 살겠다는 황혼이혼으로 결말을 맺는다. 누구나 부부가 살면서 한 번쯤 이혼이라는 단어를 떠올려 보지 않았겠는가. 꿈꾸던 이상형의 반려자. 하나가 채워지면 하나가 부족한 세상살이 속에서 그 꿈은 개꿈으로 전락하기 일쑤다. 달리는 차창 밖에서 문득 문득 시선을 압도하는 광고 문구가 있다. '로또 1등 당첨점'이라는 광고들이 빈자의 호기심을 자극한다. 그리고 일순간 부자가 되는 상상의 나래를 펼치는 기분 좋은 착각 속에 빠진다.

휴대폰 신호음이 울렸다. 친구 철희다.

"어, 친구! 난데, 지금 시간 어때?"

"아, 어디야 지금 내가 그리로 갈게."

"아, 여기 교보빌딩 앞. 차 가지고 왔지? 그러면 내비게이션에서 강촌유원지 마루막창 쳐서 올 수 있을까?"

"오케이! 그때 봐."

내가 도착하는 시간과 철희가 도착하는 시간이 얼추 비슷한 시간이다. 남자는 두 가지 일에 열정을 담보할 때가 있다. 하나는 친한 친구와의 맛과 토크가 있는 술자리다. 그리고 또 하나는 푹 빠져 있는 취미생활이다. 전자는 양보할 수 있어도, 후자는 양보할 수 없는 기혼자들의 아내와의 진검승부에서 결판난다. 취미가 승화되는 전문가의 입지. 대개 기가 약한 쪽에서 백기를 든다. 그리고 마침내 평원을 활보하는 개선장군이 되어 물불을 폼 나게 가리는 소방 장이 된다. 철희는 서울에서 장거리 운전을 하여 지방을 순회한다. 어릴 적, 작은 체구의 소년이 성장하여 상전벽해가 되었다. 다부진 몸매와 호남형 얼굴, 젠틀한 매너, 아낌없는 씀씀이. 한마디로 죽여주는 상남자의 모습이다. 모처럼 그와의 술자리에 마주 앉았다.

"야, 친구! 반갑네."

동시에 인사말이 부딪혔다. 맘이 잘 맞는 친구 중의 친구다. 마루막창의 막창이 노릇하게 구어지고 잘 냉장된 이슬 같은 소주를 댓바람에 원샷으로 서로 화답했다.

"야, 소주 맛 죽이네. 막창은 역시 소주 안주야!"

철희가 환하게 웃으며 분위기를 띄웠다.

"그런데 요즘 그 여자 어떻게 됐어?"

철희는 대뜸 그 여자의 근황을 물어왔다. 그리고 특유의 환한 웃음을 지으며 말을 이었다.

"한번 했어? 안했어?" 나는 그냥 멋쩍게 웃었다. 그리고 한마디 했다.

"그런데 그녀에게 친구가 했느냐? 묻더라고 했더니, 그녀 대답이 했다고 하라는데!"

"허허 그럼 다됐네! 하면 되겠네. 당장 조져! 남자가 말이야! 그걸 한번 못하고 그렇게 자신이 없냐? 여자는 처음 만났을 때 남자가 맘에 들지 않으면 애프터가 없지! 그리고 보는 순간 저 남자와 하고 싶다는 충동을 느낀다는 심리학 보고서가 있지."

철희는 영국시민의 오랜 습성 탓인지 모든 게 서양인의 모습이 담겨있었다.

"지금 문자 한번 날려보지?"

철희는 자못 궁금하기도 하고 또 내편에서 뭔가를 만들어 줄려는 든든한 후원자 같았다. 몇 잔의 소주를 마시고 휴대폰을 열었다.

- 가을밤! 별들이 등불 밝혀주는 밤! 지금 무얼 하시는지?

잠시 후 문자 음이 휘파람처럼 울렸다. 그녀에게서 문자가 왔다.

- 잘 계셨나요? 남편이랑 일본 출장 겸, 여행 다녀왔어요. 방금

문자 쓰고 있었는데……. 호호, 이심전심이네요! 저번 문자 받고 답장 못한 것 미안해요. 남편과 동행중이라……. 그런데 지금 혹시 한잔?

나는 지난 번 쓴 문자를 발신함에서 꺼내 보았다.

- 가을을 싣고 달리는 남국 행 열차에 마음을 싣고, 그곳을 향해 달려갑니다. 아! 단풍 붉게 타는 추억의 열차! 인생이란? 돌아가는 물레방아처럼 언젠가 안고 돌아 갈물이, 마름하는 날! 예측할 수 없는 죽음처럼! 아! 이 가을 단풍진 그리움처럼 우표 없는 편지를 부치면서……. ~ From ssem!

문자는 아직 잠들어 있었다. 친구 철희가 문자 내용이 뭐냐고 재촉했다. 나는 휴대폰 액정 문자를 보여줬다.

"그 봐, 내가 뭐라 했나. 당장 해결하라니까? 그 여자 혹시 자네 '내시' 아닌가 의심할 텐데? 남녀는 몸을 섞지 않고는 절대 맘이 편하지 않지! 우리가 연애 시절 손잡을 때와 몸 섞은 후 그 이분법적 경계! 아끼다 남 된다. 시간이 흐를수록 신선도도 감소하고……."

그녀에게서 또 문자가 왔다.

- 쌤! 우리 좋은 날 단풍 물든 가을도 만끽하고 그리고 또……. ㅎㅎ.

에틸 알콜이 기분 좋게 몸속을 샤워하고 있었다. 철희는 서울

생활을 애기했다. 영국에 가족들이 있어서 1년에 서너 번 다녀온다고 했다. 가끔 자신의 아파트 숙소에서 일어나면 내가 잘하는 건지? 왜 이러는 건지? 정체가 모호할 때가 있다고 했다. 어느 우스개에서 이런 내용이 있다. 어느 고승이 십여 년 수도생활을 하고 부산에서 서울행 기차를 타고 오면서 도대체 '삶이란 무엇인가'를 고심하던 중 때마침 홍익회 판매원의 외치는 소리를 듣고 십 년 공부의 득도를 했다는 '삶은? 계란이요!' 아뿔싸! 이렇게 가까운 곳에 진리가 있다는 사실을 깨닫는 찰나의 우스개 득도처럼 우리네 삶도 아주 가까운 지척에서 숨죽이며 우리의 '일거수일투족'을 지켜보고 있을 것이다. 밤이 밤을 업고 잠자리에 들 시간이었다. 철희와의 맛있는 대화 속에서 문득 '유레카'를 외쳤다. 아르키메데스가 욕조에서 외친 부력의 발견처럼 위대한 진리의 황홀한 밤의 용기가 충천해왔다. 날이 밝을 것이다. 희망의 그날이 눈부시게 우릴 맞이할 절호의 찬스와 기회의 그날을 위하여! 철희와 남은 잔을 비웠다.

*　　　　　　　　*

아침이 밝았다. 모든 것들이 새롭게 시작하는 아침이다. 욕망이 꿈을 키우듯 하루가 시작되는 아침은 어김없이 찾아온다. 일터를 향하는 사람들의 발걸음이 지하철 입구에서 쏟아져 나왔다. 많은 인파들, 생존을 위한 직업의 전쟁터에서 끝까지 살아남아야 한다. 나를 대신할 수 없는 인생길은 항상 고독하고 고단하다. 수직의 다리를 지키는 감시자의 눈을 의식해야 한다. 그냥 얻어지는 것은 없다. 직장이라는 울타리를 벗어나오면 잠시 해방감을 느낀다. 오라는 곳도 없지만 무언가 허전한 마음을 채워야할 꺼리를 찾아 짐승처럼 어슬렁거린다. 괜히 휴대폰 전화번호부를 검색하기도 하고 부족한 빈 구석을 채우기 위해 거리를 해매기도 한다. 이럴 때 사람들은 휴식의 일탈을 꿈꾼다. 돈으로 채울 수 없는 공간을 채우기 위해 짝을 찾는다. 술친구가 되어줄 짝이 필요하다. 한잔의 차를 마시며 못 다한 이야기를 들어줄 짝을 찾는다. 청춘의 힘은 불처럼 뜨겁다. 뜨거운 피는 끓는다. 주체할 수 없는 상황에서 유혹하는 밤의 꽃 네온사인 그 길을 돌아 나오면 투명한 유리창 속에 삼삼오오 앉아있는 밤의 방랑객들이 이야기꽃을 피운다. 도심 도처에 서 있는 러브 모텔들이 누군가에게는 달콤한 휴식을 채워주는 환락의 공간이 되기도 한다. 휘청거리는 불빛처럼 마음 정할 수 없는 사람들의 안식처가 되어주는 곳. 그곳을 찾아 해매는 방랑객들이다. 나이가 들어 갈수록 해체되는 가족들 긴 식탁아래 텅 빈 의자들처럼 고독보다 더 무서운 외로움. 외로움을 채우기 위해 짝을 찾는다. 나를 이해해줄 친구가 필요하다. 매일 먹는 밥이 지겨워 때론 외식을 한다. 이곳, 저곳의 음식점을 찾아 잃어버린 식욕을 채운다. 나는 그래서 대화가 단절된 집이라는 가정을 일탈하고 싶을 때가 있다. 어느 날부터 허전한 마음을 채울 거리를 찾아 해매고 있었는지 모른다. 그것을 사람들은 바람 들었다고 한다. 바람이 들면 고무풍선처럼 사람의 몸이 중심을 잃는다. 중심을 잃게 되면 시야가 흐려진다. 안개가 낀다. 안개 속을 해매는 방랑자들이 모이는 장소가 있다. 나는 그 장소를 찾았던 것인지도 모른다. 지향과의 만남도 오랜 방황 속에서 헤맨 우연의 선택이었다. 처음 시작은 매우 소박하였다. 나이답게 서로를 배려한 동호인의 만남 같은 것이다. 불순한 감정이 섞이지 않은 너무나 순수한 감정. 선생님의 호칭처럼 그냥 선생님 같은 것이다. 그러나 시간이 지날수록 순수함이 불순물로 조금씩 채워진다. 술에 다른 술을 섞는 것을 우리는 '폭탄주'라고도 부른다. 자극, 그 자극을 자극하기 위해 술에 술을 섞고 한잔 또 한잔을 마신다. 어느 주류회사에서는 소주와 맥주를 잘 섞어 맛을 내는 사람에게 쏘+맥 명예조주사 자격증을 수여한다고 한다. 단, 금주를 했을 땐 그 자격증을 반납하는 룰이 정해져있다. 섞이고 싶은 충동을 술로 대신하는 현대인들의 음주 문화다.

짝을 찾는 행위처럼 부부사이 단절된 대화의 통로에서 잠깐의 일탈을 꿈꾼다. 심신을 안식하는 힐링. 나는 힐링이라는 이름으로 한 여자를 만났다. 순수한 처음처럼 1년의 세월이 지나도록 그녀에게 순수한 소년이 되었다. 만나면 만날수록 욕망이 개입되지 않았다. 그 이유를 아직 생각하지 않았다. 대학시절 인애와의 잠깐의 무의식의 행동이 무의식을 동반한 지난한 행위처럼. 그 후로 여자는 없었다. 애인이니, 연인이니, 불륜이니 하는 그런 단어조차 생각하지 않았다. 나는 직장생활 월급으로 집을 지키며 문학이라는 취미에 빠졌다. 시를 쓰기 시작했다. 시 창작 수업을 통하여 나는 내 일생 반을 그 속에 묻었다. 나는 그 이상 다른 생각을 해보지 않았다. 시를 습작하며 고단한 일상을 달래고, 시를 통해 나를 다시 키웠다. 봄이면 시의 씨를 뿌리고 여름이면 시의 싹을 가꾸고, 가을이면 시에 옷을 입혔다. 추운 겨울이 지나 봄이 머무는 듯 여름이 도둑처럼 왔다. 나는 반복되는 출장 속에서 시를 쓰는 시간이 깨진 항아리에 물이 새듯 줄어들었다. 그러던 어느 날 나는 친구 사무실을 찾았다. 유일한 하루의 일상을 보상받는 곳. 그곳에서 지향을 만났다. 내가 지어준 이름 그녀와의 만남이 시작되었다.

나는 지향을 위해 시를 쓰기 시작했다. 어느 곳, 어디에서든 그녀를 생각하면 시가 되고, 노랫말이 되었다. '사랑'이란 그 단어를 조금씩 내가 만든 사전에 수록했다. 기차를 타고 달리는 새벽기차 안에서 따끈한 원두커피와 부드러운 카스텔라를 음미하며, 차창 밖 풍경 속에 떠오르는 감미로운 시상詩想들. 신 내린

손으로 노트북 자판을 두드린다. 아, 세상 모든 것들이 사랑으로 이어지는 시어들, 나는 단숨에 한편의 시를 그녀를 위하여 완성하였다. 그리고 디저트로 한모금의 쌉싸름한 원두커피를 마시며, 부드러운 카스텔라 한입을 베어 물었다. 한편의 자작시는 그녀를 위한 내 마음의 연서戀書이기도 했다.

지상의 아름다운 이름

꽃은 낮에만 피는 것은 아니다
어스름 저녁이면 세상의 모든 허물을 덮으며
이곳, 저곳에서 꽃들이 피어난다

적막이 적막을 덮으며
고독이 고독을 덮으며
쓸쓸함이 쓸쓸함을 포근한 이불처럼
덮어주는 밤

지상에서 가장 아름다운 이름이여!
산천에 돋아나는 초록의 이름이여!
처음 너에게 붙여준 이름이여

이름을 너의 이름표에 붙였을 때,
그 이름은 이름에 알맞은 옷을 입고
비로소 빛나는 생명으로 태어난다

세상 사물의 붙여진 이름들을 가만히 살펴보면 사랑 없이 홀로 태어난 것은 없다. 누군가의 손으로 만들어진 자그만 물건하나도 그 사랑의 힘으로 탄생된다. 사랑은 적이 없다. 사랑은 편견이 없다. 그래서 사람들은 사랑을 갈구한다.

먼 기억 속 그림자로 일렁이는 아! 어머니! 나의 어머니! 어머니라고 부르는 내 입술에서 하얀 백목련이 피어난다. 이른 봄 언 땅에서 고요히 숨죽이며 아가의 살결처럼 하얀 속살로 빚어지는 어머니의 사랑. 나는 그녀의 이름을 가만히 부르며 꽃이 탄생하듯 내가 꽃처럼 탄생하는 환희. 그녀에게 문자를 날린다.

– 굿모닝! ji hyang! 태양도 잠든 새벽 그대 안녕하신지?

기차는 새벽 공기를 가르며 달려 나간다. 잠시 후 문자 음이 휘파람 소릴 냈다.

– 쌤! 좋은 아침! 안녕합니다. 오늘도 존 하루 되삼! ㅎㅎ.

이른 새벽 시간 그녀의 재빠른 문자의 화답에 하루는 사랑을 싣고 달린다. 금방이라도 목소릴 듣고 싶은 욕망이 목구멍으로 넘어왔다. 그러나 아직 이른 새벽이다.

그녀가 아침을 여는 시간은 아침 8시다.

운동을 나오는 시간이다. 아니, 수영을 하는 시간이다. 그 시간을 참고 기다려야 한다. 기차는 어느 듯 목적지에 섰다. 조간 신문을 두어 페이지 넘겼을 시간 이미 내려야 할 장소에서 휴대폰에 귀를 박았다. 손목시계는 8시를 지나고 있었다. 아침시간 배를 채울 겸 기차대합실 간이식당에서 콩나물 해장국을 시켰다. 뚝배기에 밥을 말아 나오는 콩나물 해장국이 시장기를 더했다.

8시가 훨씬 지난 시각 아직도 그녀의 전화는 오지 않았다.

갑자기 식욕이 감퇴되는 이상증상이 왔다. 괜히 초조해진다. 우울해진다. 아침이 캄캄한 낮빛으로 변한다. 심리적 추리를 한다. 몇 가지 의문이 뇌리를 스친다. 불길한 예감이 꼬리를 문다.

기다림이란, 인내의 한계를 시험하는 선생님이다. 초조함의 시간은 뜨거운 불길을 참아내는 경계선이다. 첫 키스의 추억이 떠오른다. 자석처럼 이끌린 입맞춤이란 서로의 경계를 허무는 무언의 약속이다.

그 약속들은 연인들 사이에 거쳐야 하는 첫 번째 관문이다. 고대 사람들 사이에선 서로를 신뢰할 수 없어 도포자락에 칼을 숨겨 다녔다. 상대와 친밀감을 약조하는 의미에서 악수를 했다. 서로의 손을 마주 잡고 경계를 해제하는 의미다. 사랑이란 신체적 접촉을 통하여 서로를 확인한다. 멀리 떨어져 있는 사이일수록 서로의 목소릴 통해서 사랑의 감도를 느낀다. 심리학에서 초면의 남녀 사이에서도 동일한 시간, 동일한 음성의 목소리나 문자를 보내면 그 시간이 기다려진다고 한다. 길들여짐, 나는 어느 순간 그녀에게 길들여져 있었다. 집착하고 있었다. 그녀와의 무언의 약속은 실행의 정도에 따라 접근법이 달라진다. 내가 가까이 가면 갈수록 멀어졌다 다가오고, 내가 소홀하면 연실처럼 풀려나간다. 답답한 마음에 그녀에게 전화를 했다. 신호음이 종료를 알리는 멘트가 나왔다. 무슨 일이 생긴 걸까? 조바심에 하루가 어둠에 물들어가고 있었다. 이럴 때 생각나는 것들이 있다. 둘 중 하나를 선택하는 흑백논리다. 내가 생각을 접든지, 상대를 미화하든지, 그 차이에서 극과 극의 한계가 선을 긋는 평온의 학습이다. 얼마가 지났을까, 세찬 휴대전화 신호음이 울렸다. 느낌이란 무협지에 등장하는 무사의 예리한 살기의 반응과 같다. 그녀에게서 걸려온 반가운 전화다.

"아, 여, 여보세요?"

나는 긴장된 음성으로 전화를 받았다. 그녀의 목소리가 활기차게 울려 나왔다.

"전화 받을 수 있어요?"

"아, 네 애기 하세요."

"저, 병원에 와 있어요."

"아니, 병원엔 어떻게?"

"어른이 조금 다쳤어요."

"어른이라면?"

"아, 네, 친정아버지께서 넘어지셨는데, 그만 발목뼈가 금이

갔데요."

"아, 그러셨구나, 연세가 어떻게 되셨는데……."

"연세? 칠순이 넘으셨어요?"

천국과 지옥의 차이는 마음 하나에 그 출입구가 결정 난다. 그러나 다시 찾은 마음의 평화는 맑게 갠 하늘처럼 푸르고 둥실 둥실 구름 위를 날아갈 것만 같았다.

그러나 마음 한 구석 구름 낀 하늘처럼 답답한 기운을 감출 수 없었다. 그녀와 호젓한 장거리 드라이브 여행을 약속한 날짜의 개운함을 견딜 수 없었다. 나는 그녀에게 다그치듯 말했다.

"그런데 어르신 입원기간이 얼마나 걸리는데?"

그녀가 말했다.

"입원, 약 3개월 정도 걸린대요."

"그럼 병간호는 어떻게 되는데?"

"아, 그거 너무 신경 쓰지 말아요. 요양사 불러놨어요."

그녀의 대답은 쿨했다. 그리고 약속된 여행일자도 무리 없을 거라는 그녀의 답변이었다. 어릴 적 소풍이 생각났다. 소풍날이 가까워지면 밤새껏 잠이 안 왔다. 괜히 마음이 들떴다. 겨우 눈을 감았다 싶으면 어느새 잠이 깨었다. 뜬눈으로 밤을 새우며 몇 날을 보냈던 기억이 오버랩 되었다. 여행이란 누구나 가슴 설레는 일이다. 낯선 곳에서 낯선 풍경을 맞이하는 신기루 같은 세상. 누구나 여행이라는 이름 앞에서 불평을 말한 적이 있는가? 일생을 통틀어 여행이라는 시간을 얼마나 향유하는가? 그래서 여행객들은 새로운 풍경을 보면서 눈보다 입이 앞지른다. 시키지 않아도 감탄의 언어가 저절로 목구멍을 타고 물결처럼 흘러나온다. 신의 놀라운 천지창조 앞에서 사람들은 점점 작아지기 시작한다. 놀라운 자연의 조화 아무도 흉내 낼 수 없는 자연의 신비! 보이는 것은 한 점 부분일 뿐 점입가경처럼 한없이 빠져드는 자연의 최면. 끝없는 오르가즘의 극치! 눈뜨면 일터로 향하는 발걸음들이 한 순간 여행의 무한한 보상 앞에서 감격 그 감격의 순간을 기억하며 일터로 향한다. 그녀와의 합일된 약속 여행! 처음이 끝이고 끝이 처음일 것 같은 가슴 벅찬 환희! 대신할 수 없는 힐링의 일탈!

그러나 내 마음이 항상 그녀에 대한 기대와 설렘으로 가득 차 있었던 건 아니었다. 그러는 사이 아내와는 점점 더 멀어져가는 느낌 때문이었다. 아내는 그러면서도 자신만의 시간과 여유를 충족시키기 위해 끊임없이 외출을 하는 시간이 잦아졌다. 아이들은 이제 스스로 모든 걸 해결할 능력이 생긴 탓인지 부모의 사생활을 암묵하는 분위기였다. 어쩌면 아이들에게도 예전처럼 잦은 잔소리와 관심에서 벗어나고픈 성년의 시간들이 다가와 버렸는지도 모른다.

그럼에도 가끔씩, 아주 가끔씩 이건 아니지 않은가 하는 자조가 밀려왔다. 부모의 역할을 과연 아내와 나는 다 하고 있는 것일까? 자꾸만 일상에서 벗어나고픈 내 자신의 선택이 옳은 걸까? 이 모든 상황은 과연 어디서, 누구에게서 시작된 것일까? 그 부분에서 나는 가끔씩 급히 음식을 먹다 체한 사람처럼 헛기침을 하곤 해야 했다.

9부_ 일상을 벗으려. 더 멀어지려는 자신이…

반가운 소식이 왔다.

그녀가 보낸 문자엔 가슴을 요동치게 하는 짜릿한 내용이었다.

- 우리 여행 계획 바꿔요! 섬 여행 2박 3일 어때요?

그녀에게 연이어 문자가 도착했다.

- 쌤! 스쿠버 동호인 모임에 날짜를 맞춰놨어요.. 그 날짜 어때요? 오늘 저녁 잠시 만날까요? 블루 힐에서…. 그때, 그 시간에…….

그녀는 아름다운 외모에 맞지 않게 깊은 바다 속을 유영하는 스킨스쿠버 자격증까지 소유한 스킨스쿠버다. 1년에 2회, 정기 스쿠버 동호인 활동을 해왔다. 동호인 모임이란 부부간에 서로 어쩔 수 없이 묵인한 자유 활동이다. 나는 문득, 피카소의 말이 생각났다. “나는 사물을 보는 대로 그리지 않고 생각하는 대로 그린다.”라고 말했다. 생활 속 일탈의 파격! 그것은 맨몸으로 사선을 넘나드는 대담한 행동의 실행이다.

그녀는 지금까지 국내 여행은 당일을 고수해왔다고 했다. 여러 가지 동호회 모임 탓도 있지만, 특히 해외여행을 주로 다녔다. 그녀의 남편은 중소기업에 잘 나가는 회장님이다. 사는 문제, 먹고 사는 문제는 신경 쓰지 않는 경제적 자유를 누리고 있다. 그녀가 입는 옷, 신발, 핸드백, 액세서리들을 비롯한 모든 것들은 유명메이커 레테르가 붙어있다. 나는 그녀의 경제적 자유로움으로 그녀가 운전하는 안락한 고급승용차 조수석에서 가끔 호사를 한다. 그녀와 섬 여행을 앞두고 간단한 저녁 미팅을 했다. 선선한 날씨에 걸맞게 그녀의 목엔 가을 색 스카프를 두르고 심플한 화이트 계열에 정장차림이었다. 보기 좋게 돌출된 이마가 반짝 빛났다. 지성적 이미지의 긴 생머리 헤어스타일의 그녀.

"쌤! 오랜만.. 와! 더 멋져 보여요. 잘 계셨죠?"

그녀는 가지런한 하얀 치아를 드러내며 자그마한 손을 내밀어 악수를 청했다. 알맞게 내 손안으로 들어오는 그녀의 여성성 갑자기 공복의 알콜처럼 싸한 전율이 가슴을 타고 내렸다. 어둠이 내린 저녁 블루 힐 레스토랑 실내 조명등이 평안하게 우릴 감쌌다. 조용한 개울물처럼 방해되지 않는 분위기 있는 음악. 블루 힐 레스토랑 고층창가에서 바라보이는 멀리 떨어진 도심 불빛들이 크리스마스트리처럼 정겹게 반짝이고 있었다. 웨이터가 그라스에 물을 따라 주었다. 그리고 메뉴판을 공손하게 내밀었다. 웨이터에게 추천 메뉴를 부탁했다.

“고객님! 오늘의 추천 메뉴는 부드러운 안심스테이크가 좋을 듯합니다. 부담 없이 한잔 하실 수 있는 스테이크에 잘 어울리는 와인도 있구요.”

“와인은 어떤 종류가 있습니까?”

“네, 고객님! 라 브라체스카 노빌레 디 몬테풀치아노(La Braccesca Nobile diMontepulciano) 와인이 좋을 듯합니다. 산뜻한 신맛이 돋보이는 이탈리아 산조베제(Sangiovese) 품종이라고 하는 데요. 안심스테이크에 잘 어울릴 것 같습니다.”

가끔 찾아가는 ‘블루 힐’은 고급레스토랑인데 종업원들의 친절과 해박한 식음료 지식들이 잘 교육된 곳이다. 안심스테이크는 등심 안쪽 부위로 운동량이 적어 소고기 중 가장 육질이 부드럽다고 한다. 또 지방이 거의 없어서 고기 자체의 맛을 가장 제대로 느낄 수 있는 부위이기도 하다. 서양에서 스테이크용으로 최고급으로 쳐준다. 지향과 모처럼만에 분위기 있게 와인그라스를 부딪히며 디너를 즐겼다. 적당히 졸깃하고 부드러운 안심스테이크 맛과 와인에 젖은 그녀의 발그레한 얼굴 모습이 병치되어 갑자기 알 수 없는 열기가 아랫부분을 타고 올라왔다. 식사가 끝날 무렵 디저트로 커피 한잔을 마시며 여행 계획을 세웠다.

그녀는 휴가를 연중 여름, 가을 두 번을 간다고 했다.

가끔 추운 겨울엔 보름이나, 한 달간 해외여행을 떠난다고 했다. 어쩌다 남편과 동행할 때도 있지만, 대개 그녀 혼자서 해외여행을 즐긴다고 했다. 그동안 해외여행을 연중, 한두 번씩 정기적인 여행을 즐기다보니 해외 여행지는 거의 다녔다고 했다. 그러다 보니 국내여행은 다소 시들했던 것 같았다. 동호인들과 제주도 골프라운딩이나 스킨스쿠버 활동을 할 때가 유일하게 국내여행 겸, 동호회 활동이라고 했다. 그녀는 나에게 말했다.

"쌤! 국내여행에서 밤을 보낸 적은 한 번도 없었거든요. 호호. 쌤과 처음 국내여행의 밤을 보내는 유일한 사건이 되겠네요. 호호. 남편에게 어떻게 말할까, 궁리하다가 동호회 스킨스쿠버 정기 활동을 생각했어요. 호호, 웃기죠? 지금까지 국내에서는 당일 나들이가 고작인데, 밤을 보낸다? 그것도 이틀 밤이나, 외간남자와 호호, 내가 왜 이러는지 나도 잘 모르겠네? 쌤한테 홀렸네. 아주 단단히! 그런데 뭔가 좀 어색하기도 하고……. 호호."

그녀는 매우 상기되어 있었다. 마치 철부지 어린아이처럼 마구 들떠 있었다. 내가 잡으면 잡히는 데로, 이끌면 이끄는 데로 자유롭게 움직일 것 같았다. 나는 손을 내밀어 그녀의 손을 잡았다. 저항 없이 순순히 내어주는 그녀의 보드라운 손. 그리고 테이블 너머 그녀와의 거리를 좁히고 싶었다. 그러나 레스토랑 홀 안은 이목들로 어찌할 수 없었다. 서로의 눈빛 속엔 지펴진 불을 가슴에 간직하고 싶었다. 카운터를 경유하여 밖으로 나왔다. 밖으로 나온 가슴에 간직한 불은 바람의 저항으로 멀리 갈 수가 없었다. 불길이 이끄는 가장 근접된 프라이버시 공간으로 불씨를 옮겼다. 적당히 바깥과 분리된 약간 오르막 언덕 후미진 골목길에 주차된 차안으로 들어갔다. 소등을 한 안락한 차안에는 둘만의 온기를 나눌 적절한 공간이었다. 가져온 서로의 가슴속 불씨의 온도가 손으로 전달되었다. 음극과 양극이 결합되는 손과 손의 접촉. 한손으로 뜨거운 불길을 가누기엔 미흡했다. 다른 한 손을 합쳐 서로의 얼굴을 감쌌다. 어릴 적 어머니가 만든 방패연이 하늘을 날아오르는 것 같았다.

몸과 마음이 허공으로 떠오르는 것 같았다. 내 모든 감정은 순수한 정화수처럼 그녀의 향기로운 가슴속으로 아직 오염되지 않은 채 서서히 유입되어갔다. 그리고 그녀의 얼굴의 가장 가까운 입술 쪽으로 내 입술이 유입되었다. 그리고 입술을 거쳐 입속으로 입속을 진입한 서로의 촉촉한 혀와 혀 사이는 생전 처음 가본 '황홀지경'이었다. 얼마나 기다렸던 곳인가, 얼마나 인내한 초면으로부터의 긴 여정인가. 서로의 막힌 입에서 미세한 소리가 연기처럼 새어나왔다.

"으… 음… 아… 흠… 아!… 으 음…"

입안, 작은 액체의 율동 음이 간간이 새어나왔다. 아직까지 오염되지 않은 바깥 기관들은 무례한 침범의 방법을 몰랐다. 그녀에게로부터 간간이 흘러나오는 친절한 음색들이 낯선 기관들을 차츰 차츰 자극시켜 나갔다. 몽환의 경지라는 애로영화처럼 몽환의 경지에 다다르는 서로의 손. 아이가 어머니의 '찌찌'를 더듬듯, 우린 그렇게 서로의 몸에게 안부를 나눴다. 아주 친절하게, 아주 부드럽게, 아주 세밀하게 어렵게 찾아온 기회를 절대 포기하거나 놓칠 수 없었다. 처음 맡는 새로운 향기가 전신을 타고 흘러내렸다. 우린 서로의 식성대로 맛있게, 아주 맛있게 천천히 서로의 언어의 동굴을 음미했다. 도저히 이 순간만큼은 포기할 수가 없었다. 아이는 과자를 가지면 가질수록 더 가지려 무한 욕심을 부린다. 주체할 수 없는 욕심을 마구 허비하는 아이처럼. 그녀의 몸으로부터 솟아난 돌출된 유방으로 가만히 손을 대어보았다. 볼록한 그곳엔 금방이라도 뽀얀 액체가 솟을 것만 같은 육감적 피부가 풍선처럼 탱탱하게 팽창되었다. 단꿈을 유영하는 그 순간! 아이가 어머니의 젖에서 입을 떼듯, 그녀의 입에서 부드러운 제지의 음성이 흘러나왔다.

"그만! 여기까지! 오늘은……."

철부지 아이처럼 나는 그녀의 표정을 살피며 단꿈에서 깨어나듯 허전한 섭섭함으로 동작을 마쳤다. 그리고 그녀는 또 한마디 했다.

"아! 이 느낌... 우리 그때 그곳에서 느껴요! 오늘은 여기까지 예요!"

그녀는 참 친절하려 했다. 그리고 그녀의 모든 것을 배려하기 위한 절차를 나에게 조금 보여주었다. 후학을 교육하는 선생님처럼 자세한 교육. 그 너머를 스스로 깨닫도록 그녀는 나를 가르치는 것 같았다. 창작을 하는 예술가들의 피나는 노력 끝에 얻어지는 번뜩이는 영감처럼. 보이지 않는 경계를 깨우쳐서 내 것을 만들어야 한다. 그래서 예술은 교육으로 이루어지는 것이 아닌, 한순간 깨달음으로 이루어지는 득도이다. 우리는 한순간의 아쉬움을 접고 다음을 기약했다. 어려운 컴퓨터 활용 코스를 놓치지 않고 기억하듯, 지금까지 거쳐 온 경로를 기억해야 한다. 그녀와 나는 소리 없이 흘러간 시간을 체크하며, 각자의 집을 향하여 서로의 차 운전대를 잡았다. 집으로 돌아오는 길에 그녀에게 전화를 했다.

"여보세요!"

잠시 후 전화가 연결되었다.

"네!"

짧지만 그 속엔 모든 언어들이 가득 차 있었다.

"잘 가요!"

또 다시 그녀의 대답이 전해졌다.

"네! 쌤! 미투에요. 그런데 쌤! 보면 볼수록 자꾸 중독되는 것 같아요. 쌤이!"

그녀로부터 들려오는 모든 언어들이 나에게로 와서 행복이라는 집을 짓고 있었다. 아무도 허물 수 없는 우리들의 집. 축구경기를 상상했다. 각 진영에 포진된 선수들이 타인의 영역을 침범하며 거칠게! 힘차게! 강하게! 빠르게! 질주하는 당찬 승부의 진영. 집 앞 문지기는 철통같은 방어 태세를 갖추고 진격해 오는 적진의 선수를 향해 빈틈없는 방어막을 친다. 그러나 어느새 벌집 모양의 그물이 철렁하고 골문을 강타했다. 골든 볼을 성공시킨 선수의 날아갈듯 포효하는 골인의 세레모니! 순간 흩어졌던 선수들이 일제히 한 몸이 되는 환희의 순간을 나는 상상하고 있다. 골키퍼는 어느 순간 어느 때에 골문을 흔들지 모르는 상황에서 끊임없는 골 지킴이 방어훈련을 한다. 불륜의 골문엔 골키퍼가 무방비 상태로 있다. 골문을 가끔 지켜볼 뿐 방심의 나날 속에 공허하게 서 있다. 어쩌면 상대의 골문 앞을 서성이고 방황하는 것인지도 모른다. 페티시즘의 성적 욕망과 쾌락 때문에 섹스의 노예가 되는지도 모른다. 페티쉬(fetish) '마력을 가진 사물'이다. 자신의 이상향이 되는 어떤 인물을 사물로 대체. 이를 통하여 성적인 쾌락을 즐기는 것. 양귀비의 발이나, 카사노바의 머리카락에 대한 페티시즘. '바람과 함께 사라지다'의 주인공 클라크 케이블도 깨끗한 여성의 옷을 보면 사족을 못 쓰는 흥분에 사로잡혔다. 그녀와 나는 프로의 꿈을 꾸는지도 모른다. 얽매이지 않은 자유의 꿈. 비이상향의 착시의 꿈. 섹스어필(sex appeal)하는 성적인 매력을 보이는 일. 그것 우리는 그것의 함정에서 자유로울 수 없는 삶을 살아가는지도 모른다. 지향과의 꿈처럼 달콤한 2박 3일 섬 여행을 생각하면 밤이 낮처럼 밝고 환해 보인다. 무엇을 해도 신나고 즐거워진다. 에너지가 샘솟듯 솟아난다. 우리의 몸에 생겨나는 종양. 암이라는 물질도 그늘처럼 음습한 무기력에서 악성 세포가 변종을 일으켜 싱싱한 몸을 병들게 한다. 긍정적 웃음을 동반한 삶은 매사에 좋은 기운을 지니고 산다. 그래서 도처에 문화공간이 생겨난다. 심신을 치유하는 힐링 센터. 몸이 몸을 치유하는 자연요법. 그녀를 생각하면 몸이 대숲에 와있는 자유로운 평화를 느낀다.

*　　　　　　　　　　*

하루도 그녀에게 문자를 안 하면 시작의 문이 열리지 않는다. 집착과 길들여짐의 시간. 오늘도 그녀에게 하루의 안부를 묻는다. - 좋은 아침! 새로운 하루가 우릴 기다리는 아침이네요.. 그녀로부터 짧은 문자가 왔다. - 공! 나는 얼른 해독했다. 새벽아침 골프라운딩을 한다는 얘기다. 그녀의 여성적 외모의 강인한 파워를 과시하고 있다. 하고 싶은 일과 하기 싫은 일. 취미의 세계는 무한한 즐거움을 동반한다. 어느 날 생활체육으로 골프를 배운 적이 있다.

서예과 여대생들과 골프 연습을 했다. 옆 라인에서 연습하는 여대생의 스윙자세는 프로골퍼처럼 세련되고 멋이 있었다. 나는 골프 스윙자세가 익숙하지 않았다. 별 흥미가 나지 않았다. 얼마 못 가 골프를 그만두었다. 몸에 맞는 옷은 외출에 자신감을 느낀다. 그러나 맞지 않는 옷은 불편함 때문에 그 옷을 오래 입지 못한다. 여자와의 교제도 같은 이치다. 만나면 만날수록 편한 여자. 만날수록 불편한 여자. 친구 철희의 말이 생각났다. "여자는 몸의 교통이 있어야 물처럼 자연스럽다."고 했다. 아무도 간섭받지 않는 그녀와의 시간 속에서, 우리는 서로를 바라보았다. 미세한 간극의 틈처럼 그 틈을 바라보았다. 가끔 문자를 통해 욕망의 속내를 보일 때가 있었다. 그러나 그녀는 댓글 문자에서 단문의 기호만 보내왔다. 나는 그 뜻을 어렴풋이 이해하였다. 그녀는 나에게 지나가는 말로 이렇게 말했다.

"남자가 박력이 있어야지! 박력! 좀 팍팍해 봐요. 팍팍!!"

그 뜻을 나는 귀로 받아들였다. 그러나 아직 그녀의 진심어린 정답을 풀어주지 못했다. 그리고 문자 후 통화로 연결되던 그녀의 행동이 어느 날부터 줄어들기 시작했다. 문자도 줄어들기 시작했다. 전화를 하면 통화음이 끝날 때까지 연결되지 않았다. 없으면 못 살 것 같은 살가운 만남의 날들이었다. 그러나 어느 순간 틈이 생겼다. 그녀와의 잠깐의 틈이, 누군가에 의해 그 틈을 보수하게 만들었다. 상처가 나면 상처는 스스로 아물게 된다. 특별한 몸에 이상이 없는 한 자연이 틈을 메우는 치유의 현상. 관리가 소홀하면 틈이 벌어진다. 벌어진 틈은 차츰 골을 만든다. 골이 깊어지면, 마침내 둘로 갈라지는 이어질 수 없는 틈과 틈의 고랑이 생긴다. 지금 그녀는 고랑을 만들어 나가는 것 같다.

그렇다. 그녀와의 데이트 약속이 깨진 날이 가끔 있었다. 가만히 생각해보았다. 우연일까? 진지한 약속이 있는 날엔 반드시 약속이 미뤄지거나, 어떤 일이 생겼다. 겨울 어느 날, 무박 기차여행을 약속했던 날이다. 어렵게 티켓을 예매한 기차여행이었다. 서로가 디데이의 설렘의 시간을 카운트다운 하던 날. 그녀에게서 한통의 전화가 걸려왔다. 다급한 목소리의 그녀의 음성.

"여보세요! 전화 괜찮은가요?"

뭔가 불길한 느낌이었다.

"네, 말하세요."

그녀의 목소리는 매우 불안했다. 나는 어렴풋이 사건을 유추해보았다. 이것, 저것 추리하다가 결론을 2가지로 좁혔다. 하나는 집안의 갑작스런 기념일. 그리고 또 다른 하나는 그녀의 몸의 일부에 이상이 생긴 갑작스런 부상이다. 그녀가 조심스레 입을 열었다.

"저, 쌤! 기차 여행 취소해야겠네요."

순간 머릿속을 스치는 직감적인 영상이 떠올랐다. 내가 말했다.

"어디 다쳤어요?"

그녀는 작은 소리로 말했다.

"네에, 넘어졌어요."

나는 다급하게 말했다.

"어딜 다쳤어요."

"택배원이 와서 현관문을 열다 바닥에 미끄러졌어요."

내가 물었다.

"많이 다쳤어요?"

그녀가 말했다.

"방금 정형외과에서 깁스하고 왔어요. 발목에 금이 갔대요."

"얼마나 걸린대요?"

"3~4개월 정도."

뭔가 잘못 되어가고 있다는 생각이 들었다. 잘못 든 길처럼 자꾸만 방향이 꼬여가고 있는 느낌이었다. 우연치고 예정된 우연처럼 가지 말아야 하는 길인 것만 같았다. 그녀와 나 사이의 관계의 길. 잘못된 만남의 길 앞에서, 다시 한 번 생각해보았다. 가야할까? 돌아서야 할까? 두 갈래 길의 서성임 속에서 머리는, 머리대로 가슴은, 가슴대로 따로 따로 정신이 분리되어 가고 있었다. 달리는 승용차 계기판에 적색 경고등이 켜질 때, 그것은 위험을 알리는 신호다. 그대로 갈 것인가? 안전을 수리하는 정비소로 갈 것인가? 순간의 판단이 심금을 줄이는 최선의 방책이다. 마음을 다잡고 생각을 정리해 보기로 했다. 다음 날, 그 다음 날에도 문자를 끊었다. 그녀에게서도 약속처럼 소식이 두절되었다. 며칠이 지난 어느 날 출근 길 아침. 문자를 알리는 신호음이 연이어 휘파람 소릴 냈다. 궁금했다. 그러나 설렘 반, 호기심 반 잠시 확인을 미뤘다.

순간, 묘한 느낌이 가늘게 몸을 진동시켰다. 고스톱 판에서 패를 확인할 때처럼 오늘따라 그 느낌이 예사롭지 않았다. 불륜의 현장을 직감하는 아내들의 동물적 본능처럼 보지 않아도 문자가 얼른거렸다. 이른 시각 동시에 울리는 문자 신호음에서 야릇한 야수의 본능이 밀려왔다. 메시지 창엔 2건의 문자가 간발의 차이로 들어왔다. 얼른 메시지 창을 열었다. 수신함에 표시된 발신자는 예상을 빗나간 이른 새벽 비보 같은 아내의 이름이 선명한 메시지였다. 순간, 나는 먹먹한 가슴을 진정시키며, 차창 도어 버튼으로 유리창을 내렸다. 그리고 심호흡을 하였다. 이미 아내가 보낸 몇 줄의 오픈 문자만으로도 사건의 내용을 짐작할 수 있었다. 아내가 보낸 문자의 내용. 서두의 살벌함. 온몸에 서릿발이 돋았다.

– 야 이×같은... 뭐가 어쩌고 어째? 잘 놀고 있네! 잘해봐라!

그리고 1건의 메시지에는 그녀의 클로즈업 사진이 들어있었다. 기가 막힌다는 말이 온통 해체되어 허공에서 휴지조각처럼 아른거렸다.

아니, 도대체 어디서 이런 정보를 캐냈단 말인가? 억울함이 물밀듯 밀려왔다. 누설된 억울함. 아내는 그동안 그녀와 나의 관계를 은밀하게 체크하고 있었다. 갑자기 부딪힘의 반사 작용처럼, 요철의 들고 남처럼, 무언가 보이지 않는 불안이 서서히 몸의 부분을 점화하고 있었다. 그러나 밀려온 파도를 감내해야 한다. 물러날 것인가? 파도를 탈 것인가? 그럼 어디까지 물러나야 하는가? 물러남의 대피소는 얼마까지 유효한가?

수학적 머리도, 과학적 두뇌도 이미 쇠퇴한 마당에서, 어떻게 맞설 것인가? 땅으로, 하늘로도 대처할 피신처가 마뜩하지 않는 현실이다. 하루가 검은 장막으로 덮혀있는 막막함. 하루 종일 하는 일이 손에 잡히지 않았다. 이제 문자메시지도 자유롭게 할 수 없는 감시의 대상이 되었다. 몸에서 분노와 절망이 뜨겁게 교차하였다. 부자유의 일탈! 허무의 반란! 어둠이 절망으로 깔리고, 그럭저럭 시간은 나를 집으로 데려다 놓았다. 이제 남은 건 한바탕 설전의 링에 오를 일만 남았다. 부부 싸움에서 심리학자들은 말한다. 아무리 달변가인 남자도 舌戰설전에서 여자를 이길 확률은 0%다. 해석에 의하면 남자는 뱉어지는 말이 한쪽 뇌를 통해서만 작용한다. 그러나 여자는 일단 설전이 시작되면 놀랍게도 양쪽 뇌가 동시에 작용하여 한 템포 느린 남자의 말을 보기 좋게 되받아치며 상대를 코너로 몰아간다. 아무리 이성적인 남자들도 결국 여자의 쌍 폭격 설전 앞에서, 인내는 한계에 다다른다. 결국 불리한, 한쪽 뇌의 무력함을 과감하게 폭력으로 대신하는 반칙이 적용된다. 무거운 몸을 들여놓는 순간부터 집안의 싸아한 공기는 얼음 창고를 방불케 했다. 아내의 표정이 석고처럼 굳어 있었다. 드디어 설전의 링이 울렸다. 다짜고짜 아내의 선제공격이 불을 뿜었다.

"야! 아, 어디 상판이나 보자! 그동안 그 ×하고 깨가 쏟아졌네……. 난 들판의 허수아비보다 못한 ×이고, 할 말 있으면 어디 내깔려 보든가!"

아내의 눈에서 섬광처럼 불이 번뜩이고 있었다. 살얼음 같은 냉기가 입속에서 속사포처럼 내 얼굴을 가격하고 있었다. 이 순간만큼은 표현할 수 없을 만큼 서 있는 이곳이 지옥보다 못한 것 같았다. 모든 것이 낯설게만 느껴졌다. 집안 곳곳 장식된 모든 것들이 불편하게 느껴졌다. 남의 집에 와있는 느낌이었다. 한참의 공격을 아내로부터 받고, 이젠 내 차례가 왔다. 어디서부터 어디까지, 어떻게 쏟아내야 하나 첫 스타트부터 말문이 무거웠다. 그러나 작전타임도 잠깐의 휴전도 없는 설전의 링에서는 상대를 표현해야 한다. 상대와의 단판의 한계를 그어야 한다.

"그래, 내가 뭘 그렇게 잘못했나? 아니, 그러는 당신은 지금까지 만나는 모든 사람들이 동성인 여자들만 만나나?"

아내가 불같이 맞받았다.

"야 이! ×야! 너 말 잘했다. 난 너처럼 단둘이서 만난 적은 한 번도 없거든!! 어디서 엉뚱한 개수작이야! 그 × 잘 났데! 나보다? 야! 두×× 어디 한 번 내 눈앞에서 잘 해보지?"

나는 점점 달아오른 몸을 주체하지 못하고 속에 있는 것들을 무작위로 끄집어냈다.

"그래! 그럼 잘 됐네? 어디 당신의 일거수일투족을 내가 한 번 체크해볼까?"

여자는 이상하다. 아니, 아내는 머리가 좋았다. 기억력이 우세했다. 수십 년이 훨씬 지난 어느 날의 시시콜콜한 얘기들이 아주 선명하게 설전의 도마 위에 올려놓는다. 신혼시절 나는 아마추어 사진동호회 활동에 미쳐있었다. 주말이면 사진동호인들과 사진 촬영 활동을 했다. 그때부터 아내는 가슴에 못 하나를 박아놓고 있었다. 아무도 뺄 수 없는 대못. 그 대못이 아직도 뽑히지 않고,

아내의 가슴 한복판에 앙금으로 남아있다. 말다툼이 있는 날엔, 반드시 그때 그 사건이 어김없이 등장한다. 아내의 신혼시절 애환으로 남아 있었다. 그래서 오늘도 아내의 입에서 수십 년 묵혀있던 사진 얘기가 첫머리를 장식하게 되었다. 그리고 그날 밤 고요한 아파트에선 한차례 통곡의 소리가 밤의 적막을 흔들어 놓았다.

어린 시절, 중학생 때부터 나에겐 카메라가 있었다.

그 시절 카메라는 매우 귀한 물건이었다. 중학교 수학여행을 계기로 카메라가 생겼다. 이유는 이렇다. 나는 어린 소견에도 카메라를 가지면 수학여행에서 친구들 사진을 찍어주고, 돈을 받을 수 있다는 수학적 천재성을 예감했다. 그리고 수학여행 경비대신 카메라를 사달라고 아버지께 설득했다. 그 당시 면소재지 시골마을에는 농업이 주업이었다. 모든 물품을 구매하기 위해선 농작물을 바쳐야했다. 곡물을 팔아서 돈을 만들었다. 그 돈으로 의식주를 해결해왔다. 다시 본론으로 돌아가자, 카메라 설득작전이 성공했다. 설득의 요지는 이렇다. '내가 수학여행을 가서, 친구들 사진을 찍어주면. 그 사진 값으로 카메라 값이 해결된다는 논리적, 산술적 계산을 셈하여 아버지께 가르치듯 보여주었다.' 농부인 아버지는 완고했다. 그러나 어린 자식의 이론에 어느 대목에선가 아버지의 마음의 문이 열렸다. 결국 그 돈으로 나는 전교에서 독야청청 유일하게 폼 나는 카메라맨이 되었다. 그리고 수학여행에도 동참하게 되었다. 두 마리 토끼를 잡는 유일한 중학시절의 역사적 기록물이다. 그 당시 3박 4일의 여행이었던가, 꿈의 허상은 초반부터 발단되었다. 애당초 필름 갈기 작업의 실수가 문제의 원인이었다. 사진관 아저씨로부터 필름 갈아 넣기를 실습했지만, 어린 나는 여행과 사진 장사에 들떠있었다. 필름 갈기 작업은 반면교사로 남았다. 여행 떠나는 당일 공교롭게도 나는 판단의 미스를 범했다. 그러나 가장 최선의 판단을 하였다. 교사 위의 교사, 교장선생님께 필름 갈기를 의뢰했다. 완벽하게 카메라 뒷 뚜껑까지 닫았다. 여행의 현장에서, 경치 좋은 배경에서 손가락이 부르트도록 셔터를 눌렀다. 아무리 눌러도 필름은 줄어들지 않았다. 어린 마음에도 이상한 현상에 어쩔 방법을 몰랐다. 그냥 찍었다. 그리고 또 찍었다. 가져간 두툼한 필름 봉지는 처음 그대로 있었다. 가끔 이런 생각을 했다. 혹시 사진관 아저씨가 착각하여 필름을 더 많이 감았는가? 당시엔 흑백필름밖에 없었다. 그리고 필름도 어둔 암실에서 손으로 필름 릴에 감아서 적당한 숫자를 입속으로 세고. 필름 통을 닫고 마무리하였다. 수학여행 마지막 날까지 필름은 줄어들지 않았다. 즐거운 수학여행이 끝이 나고, 나는 룰루랄라 사진관을 찾아갔다. 사진관 아저씨는 암실에서 금방 나왔다. 그리고 청천벽력 같은 한마디가 내 눈앞을 막았다.

"어허! 학생 필름을 제대로 끼워야지? 누가 필름 끼웠나? 허허 참, 필름이 헛바퀼 돌았는데, 그걸 몰랐구만! 쯔 쯔.. 좋은 경험했네! 학생 앞으로 유명한 사진작가 될 걸세!" 그리고 그 후 나는 사진관 아저씨 말대로 예술사진작가가 되었다. 말이 씨가 된다는 증거였다. 문학과 사진 창작활동은 어느 곳, 어디에도 나의 좋은 동행자가 되었다. 예술은 아무나 할 수 없다. 그러나 누구도 할 수 있다. 다만 인내와 타협하지 않는 고집이 승패를 가른다. 예술가들 중 대개는 특별한 스포츠 활동이 제한되어 있기도 하다. 골프를 즐기는 예술가들이 얼마나 될까? 창작은 몰입의 과정이 수반된다. 오래 참아야 한다. 때론 일상에서 벗어나야 한다. 예술가는 고독으로의 일탈에서 상상력이 생기기도 한다. 예술의 르네상스는 낡은 문화를 바꾼다. 침체된 경제를 부활한다. 르네상스 전, 후 예술가들에겐 좋은 이성 친구들이 항상 그림자처럼 함께하는 기록들이 있다. 예술의 상상력! 그것을 교육적, 윤리적 잣대로 붙들어 놓을 수 없다. 예술의 거장들은 괴팍했다. 그리고 고독했다. 아내로부터 자유로웠다. 창작예술은 모든 것으로부터 자유로워야 했다. 예술은 교훈적 사고이기 보다, 철학적 사고에서 모든 것을 아우르는 입체적 융합체이다.

*　　　　　　　　*

오늘도 아내는 이른 새벽 필드에 나갔다.

내가 잠깨기 전, 새벽 골프 라운딩이 있는 날이었다. 어젯밤 분주하게 주방 일을 보는 것 같았다. 물을 마시기 위해 주방엘 갔다. 가스렌지 위, 커다란 범랑 냄비엔 시래기 국이 가득 끓여져 있었다. 아내는 성격이 급하고 매우 활동적이다. 가끔 이해하지 못할 아내의 돌발적인 성격. 여름 장마처럼 갑자기 흐렸다, 쾌청하길 반복된다. 아내는 모임이 다양했다. 등산모임, 초등동창 모임, 골프모임, 승마클럽, 학모 모임, 여고동창 모임, 번개팅. 한 주가 모자랄 정도다. 아내는 사업 수완이 탁월했다. 10여년간 큰 수익을 낸 부동산 사업을 했었다. 아내의 외제 승용차는 한 번도 내가 손 대본 적이 없었다. 그가 해외여행을 떠날 때도 자동차 키는 항상 아내의 핸드백 속에 지니고 다녔다. 나는 출장이 있는 날은 거의 아침을 건너뛴다. 아예 아침은 먹지 않는다. 그 생활이 습관이 되었다. 그리고 저녁밥도 손수 차려 먹기 일쑤였다. 가끔, 저녁밥을 차려먹으라는 문자가 아내로부터 날아온다. – 오늘 좀 늦겠네. 국 데워서 적당히 밥 차려먹어요. ㅋㅋ. 아내의 전용 달력엔 스케줄이 꽉 차 있었다. 아내에게 내가 한 마디 했다.

"당신 비즈니스가 충만하네!"

그 한마디에, 그동안 활동들이 순식간에 단 하루로 일축된다. 아내의 계산법은 일상적 모임은 제외된다. 특별한 날 하루로 마무리한다. 내가 바깥 활동하는 시간은 한 달에 한두 번이 고작이다. 전시회를 관람하거나, 주말영화관람, 휴일 도서관 생활 정도다. 남자는 일평생 직장과 집을 반복하며 고목처럼 늙는다. 몸의 기관이 자동차 부품처럼 닳고, 퇴화되어 어느 날 인생폐차가 된다. 욕실거울 앞 얼굴엔 내가 아닌, 낯선 내가 서 있다. 왕성했던 남성성이 제 기능을 상실한다. 수컷의 기능을 잃는다. 남성호르몬 테스토스테론이 현격하게 감소한다. 감소한 자리에 여성호르몬 에스트로겐이 채워진다. 결국 남자의 노화가 시작된다. 작은 일에 감동하고, 슬퍼지고, 의기 소침한다. 고대 동굴의 벽화처럼 수컷의 본능적 사냥활동이 남자들의 평생노동의 일생을 점쳐주었다. 남자는 태어나서 새로운 가족을 위해 몸을 바친다. 이유도 변명도 통하지 않는 자연의 철칙 속에서 한 생을 위탁해야한다. 신발이나 옷 하나를 사도 아내의 취향을 따라야 한다. 옷장 속엔 수십 년 묵은 옷가지가 걸려있다. 신발장엔 아내의 즐비한 구두들 틈에 나의 낡은 신발 한두 켤레가 달랑 구석에 처박혀 있다. 가끔 허기를 느낄 때 술을 마신다. 술을 마시고, 시간을 마시고, 하루를 마신다. 습관처럼 휴대폰을 꺼내 무작위로 전화번호를 검색한다. 가나다순으로 저장된 전화부엔 알 수 없는 명단들로 가득하다. 문명의 이기가 만든 현상이다. 칡넝쿨처럼 얽히고, 설키며 살아가야 하는 세상이다. 아파트 창가로 낙엽이 힘을 잃고 포물선을 그리며 떨어진다.

10부_끝없는 추락의 늪

모처럼의 휴일이다. 아내는 오늘도 집을 비웠다. 침대에 누워, 휴대전화 번호판을 눌렀다. 신호음이 갔다. 길게 이어지는 첫 번째 신호는 부재중이었다. 연이어 재발신 버턴을 눌렀다. 받지 않았다. 잠시 생각에 젖었다. 인애는 부재중이었다. 여러 날 망설이다. 큰 맘 먹고 인애에게 설렘의 재회를 다짐했던 터였다. 그러나 감감무소식이다. 일단 접어두기로 했다. 오지 않는 비처럼, 기다리는 버스처럼 지루함은 없다. 티브이를 켰다. 별로 흥밋거리가 없다. 주방으로 갔다. 커피포트에 물을 채우고 스위치를 올렸다. 잠시 물이 수증기를 뿜었다. 믹스커피를 타서 한 모금 마셨다. 조금 씁쓰레하다. 개운함이 없다. 옷을 챙겨 입고 아파트 문을 나섰다. 딱히 갈 곳이 마땅찮다. 강변길을 걸었다. 몇몇 노인들이 강변 둑에 설치된 운동기구에서 서투른 몸짓으로 기구를 움직인다. 노화된 육체들의 휘어진 등으로 햇빛 한줄기가 가만히 어루만지고 있었다.

내 바지주머니에서 진동음이 들렸다. 휴대폰을 열었다. 부재중 전화 메시지가 여러 통 있었다. 진동으로 조작되어 미처 감지하지 못했다. 인애로부터 걸려온 여러 통의 문자와 전화 한 통이 오롯이 메시지 창에 기록되었다.

– 선배! 미안! 전활 받지 못했네. 샤워 중이어서……. 참 오랜만이네! ㅋㅋ. 나는 얼른 휴대폰에 걸려온 발신버튼을 눌렀다. 잠시 후 신호음이 열렸다. 내가 말했다.

"여보세요!"

반가운 음성이 수화기를 타고 전해왔다.

"선배! 오랜만이네! 잘 지냈어? 얼굴 잊어버리진 않았지?"

그녀의 목소린 여전히 생기발랄했다. 금방이라도 손잡아 주고 싶은 충동이 일었다. 내가 대답했다.

"야! 아, 너 정말 살아있네! 살아있어! 펄펄뛰는데! 야! 정말 얼마만이냐?"

우린 한동안 아이처럼 너스레를 떨었다. 그리고 내가 직설적으로 말했다.

"언제 만날까? 우리?"

그녀가 답했다.

"호호, 그렇게 급해! 뭐 어려울 게 있나? 지금 만날까? 선배! 시간 어때?"

나는 잠시 마음을 진정시키고 인애에게 말했다.

"그런데 지금 어디에 살고 있나? 대충 얘긴 들었는데……."

그녀는 문자로 주소를 알려왔다. 뜻밖에도 그녀가 살고 있는 곳은 내가 있는 곳에서 1시간 거리에 위치해 있었다. 그것도 회사 연구실에서 조금 떨어진 곳이다. 아니 이럴 수가 있나. 그녀가 일부러 알고 이사한 것인가? 아니면 수소문 끝에 결정한 정착지인가? 아무튼 뜻밖의 경사다. 그리고 그곳은 한적한 시골 전원주택지였다. 우연치곤 너무 감격스런 일이다. 엎어지면 손닿을 근거리에서 대학 후배 인애가 산다는 것은 대단한 행운이다. 그녀가 보내온 문자에 주소를 다시 한 번 살펴보았다. [청도군 금천면 임당리 12××번지 김씨 고택 부근.] 조선시대 內侍家 였던, 청도 임당리 김씨 고택 부근 한적한 시골전원마을이다. 몇 해 전, 회사 연구실 터를 마련하기 위해 회사직원들과 청도지역 현지 부동산 업자와 여러 달을 다녔다. 내가 선택하려 했던 곳이 금천면 임당리 부근이었다. 여러 날을 회사 임원들과 논의 끝에 본사와 거리가 멀다는 이유로 내가 선택한 결정은 무산되었다. 그러나 나는 언젠가 내가 그곳에 전원주택을 마련하리라는 마음을 가슴깊이 새기고 있었다. 그곳엔 맑은 시냇물이 흐르고 야트막한 산들이 아담한 배경을 이루며 보기 좋은 암벽이 군데군데 절경을 이룬다. 농가를 약간 벗어난 곳엔 절터처럼 한적한 전원지도 기억이 생생하다.

일단 나는 인애가 문자 전송한 주소를 입력하여 차를 몰았다. 그곳으로 가는 코스는 두 갈래 길이 있다. 하나는 지방 국도를 경유하는 경로이다. 또 하나는 도심을 경유하는 코스이다. 어디를 선택해도 시간차는 많이 나지 않는다. 카스테레오에서 경쾌한 노래가 울려 나왔다. 분위기에 맞는 가을노래 '가을은 참 예쁘다.' 여자가수 박강수의 해맑은 음성이 박하 향처럼 상큼하게 울려나왔다.

가을은 참 예쁘다 하루하루가
코스모스 바람을 친구라고 부르네
가을은 참 예쁘다 파란 하늘이
너도 나도 하늘의 구름 같이 흐르네
조각조각 흰 구름도 나를
반가워 새 하얀 미소 짓고
그 소식 전해 줄 한가로운
그대 얼굴은 해바라기
나는 가을이 좋다 낙엽 밟으니
사랑하는 사람들 단풍같이 물들어

가을은 참 예쁘다 파란 하늘이
너도 나도 하늘의 구름 같이 흐르네

조각조각 흰 구름도 나를
반가워 새 하얀 미소 짓고
그 소식 전해 줄 한가로운
그대 얼굴은 해바라기
나는 가을이 좋다 낙엽 밟으니
사랑하는 사람들 단풍같이 물들어
가을은 참 예쁘다 하루하루가
코스모스 바람을 친구라고 부르네

가을이 익어가는 들판에는 '아!' 감탄사가 하나도 아깝지 않을 만큼 반복되어 나왔다.

저 황금들판을 완성하기까지 농부들의 정성은 아무도 짐작하지 못한다. 그래서 우리가 먹는 주식, 쌀은 한자로 쓰면 쌀 米미자다. 농부의 손길이 88번에 이른다는 뜻이다. 사랑도 그냥 이루어지는 게 아니다. 사랑이라는 단어 속엔 수많은 아픔과 인내가 쌓이고 쌓여서 '사랑'이라는 단어가 탄생된다.

내비게이션에서 목적지를 알리는 신호음이 울렸다. 농가를 지나 약간 외진 곳에 제법 다듬어진 전원주택이 보였다. 잔디가 보기 좋게 손질된 마당과 군데군데 장독이 놓여 져 있었다. 누군가가 지어놓고 이사한 곳을 새로 인수한 듯 보였다. 마당 주위로 승용차들이 두, 어대 서 있었다. 손님이 온 것 같았다. 가을 햇살이 따사롭게 내려온 마당 잔디 위엔 밀짚모자를 눌러쓰고 삽을

든 낯선 여인이 있었다. 전원주택 외관을 보수 하는 것 같았다. 차가 정차하는 신호음과 함께 모자를 위로 들어 올리며 인사 표시를 하였다. 반팔 티에 작업용 바지를 입은 여자. 그는 다름 아닌 인애였다. 그녀 주위로 두 명의 여인이 삽으로 모래 나르는 일을 거들고 있었다. 내가 차에서 내리자 그녀는 자그마한 체구에 반가운 모습으로 나에게 다가왔다. 함께 일을 거들든 여인들이 물끄러미 나를 쳐다보았다. 인애는 나를 향해 약간 큰소리로 인사했다.

"선배! 잘 찾아왔네!"

내가 대답했다.

"어! 오랜만이네……. 그런데 지금 무슨 작업을 하나? 손님 청해놓고……."

인애는 주위 여인들에게 잠시 나를 소개했다.

"여기는 대학 선배인데, 인사 나누지."

나는 주위 두 여인에게 인사를 했다.

"반갑습니다. 저는 인애 대학선배 '강철민'이라고 합니다. 앞으로 잘 부탁합니다."

뒤이어 그 여인들이 화답했다.

"안녕하세요? 처음 뵙겠습니다. 시를 배우는 '인애' 씨 문하생입니다. 오시느라 수고하셨네요."

인애는 하던 일을 대충 수습하고 수돗가에서 장갑을 벗고 손을 씻었다. 그리고 나를 안내했다. 삽작 입구와 이층 계단 아래 잘 길들여진 토종개가 두 마리 매여 있었다. 사람이 와도 짖지 않는 순진한 개의 모습이었다. 전원주택은 아담하게 꾸며진 이층집이다. 마당잔디가 끝나는 동편 쪽으로 헛간처럼 생긴 작업실이 보였다. 그리고 하얀 페인트를 칠한 벽 쪽에 나무로 만든 보기 좋은 무대가 꾸며져 있었다. 얼핏 보기에 시를 낭송하는 무대처럼 보였다.

제법 가꿔진 정원엔 석물 조각상들이 잘 어울렸다. 마당 입구엔 노랗게 익은 모과나무 열매들이 튼튼하게 금방이라도 은은한 모과향기를 뿜어줄 것만 같았다. 인애가 이끄는 대로 이층 방을 올랐다. 방문 틀 상단에 '사유思惟의 공간'이라는 현판이 나의 시선을 유혹했다. 방문을 열고 들어서니 한글 붓글씨 족자가 걸려 있었다. 서예 글씨는 어느 여류서예가 이름으로 되어있고, 시의 주인공은 인애였다. 시의 운율이 예사롭지 않았다. 나는 어딜 가도 사물 관찰하는 걸 즐겼다. 아니, 어릴 적부터 습관이 배인 것 같다. 어린 시절에도 친구 집 마당에서 놀다가, 그 집 방안에 걸린 고시조를 보며 어린 마음에도 그 시조를 외우고 싶어졌다. 그래서 무조건 외우기도 했다.

인애의 이층 방안 서편엔 주위 경관을 훤히 조망할 수 있는 커다란 통유리 창으로 설계 제작되었다. 그리 높지 않은 산이 병풍처럼 둘러쳐져 있고, 산수화에 그려지는 암벽이 산과 조화를 이루었다. 배산임수라는 풍수지리에 걸맞은 계류가 청정하게 흘러가고 있었다. 온돌바닥 유지油紙 장판으로 마무리한 아늑함이 활달한 인애의 성품과 대조를 이루었다. 윗목에 장식장처럼 차려진 전통 다기세트가 방안에서 주위풍광과 멋진 조화를 이루었다. 찻물이 적당한 온도를 유지할 즘 인애가 전화기를 들었다. 아래층 마당에서 흙일을 하는 두 명의 여인들에게 위로 올라오라는 전화통화 내용이다. 조금 후 이층으로 올라오는 발자국 소리와 함께 방문이 열리고 수줍은 듯 그녀들이 방안으로 들어왔다.

"쌤! 우리가 방해 놓는 거 아닌가요?"

인애가 까르르 웃으며 대답했다.

"여보세요! 제자님들. 우리가 이팔청춘인감? 남인 감? 앞으로 이웃집 아저씨처럼 볼 사람인데! 호호호."

인애는 매우 의기양양했다. 그리고 순식간에 우리 둘, 사이를 1촌으로 기정사실화하는 순간이었다. 도자기 잔에 담긴 노란빛의 국화차 향이 그윽하게 후각을 스쳤다. 국화차의 목 넘김에 감흥이 조선조 선비의 내방內房 같았다. 아, 가벼운 탄성이 가까스로 나왔다. 이상한 일이다. 참, 우연치곤 이심전심의 회향回向이다. 문득 안견의 몽유도원도가 회상되었다. 편안한 안락함. 낯설지 않다. 돌아온 고향처럼 푸근함. 오래 머무르고 싶은 충동. 그녀는 과거의 인애가 아니었다. 어느 날 대죽처럼 성장한 청년처럼. 수려한 그녀의 내공이 도예명장의 손길로 빚어진 수려한 도자기 같았다. 전에 쓰지 않았던 일상적 언어를 초월한 고전 투의 언어 사용. "美女不出 人多求之" 라는 고전 명구들이다. 나는 간간이 고전을 읽은 터라 그 뜻을 낭랑한 어조로 풀이했다.

"허어, 가라사대; 미인은 밖에 나가지 않아도 사람들이 몰려온다."

동석했던 여인들이 나를 쳐다보며 한마디 했다.

"青出於藍인가요? 아니면 莫上莫下인가요?"

우린 서로 한바탕 웃는 사이 방안 분위기에 서로 낯을 익히고 있었다. 조금씩 어둠이 몰려오고 있었다.

낯익은 편안함. 이층 방 온돌이 따끈하게 몸을 데워주고 있었다. 저녁준비를 하는 사이 잠시 찻상을 옆으로 밀치고 몸을 뉘었다. 그리 높지 않은 이층 방 나지막한 천장. 따스한 온기에 스르르 눈을 감고 생각에 잠겼다. 어린 시절의 추억들을……. 어머니는 내게 언제나 자상하게 대해주셨다. 형제들 중에서 유독 나를 더 보살펴 주신 것 같았다. 어릴 적 나는 우연찮은 병에 걸렸다고 한다. 내가 기억하기 어려웠던 어린 나이에 첩첩산중 산골마을에는 병이 나도 병을 고쳐주는 의사가 없었다. 산을 넘고 물을 건너 시골길 50리를 걸어서 면소재지 장터까지 가야만 했다. 치통이 있을 때나, 급체했을 때 고통을 참으며 민간요법에 몸을 맡겨야했다. 그래서 병이 병을 부른다. 심하면 목숨을 잃는 일이 다반사였다고 들었다. 당시 나는 심한 열병으로 죽음을 오르내리는 절체절명의 운명 앞에 서 있었다. 어디서 용한 점쟁이 말을 믿고 아버지는 집에다 점쟁이를 불러들여 밤새껏 굿을 하였다. 병은 점점 더 악화되고 있었다. 어머니는 어린 나를 살리기 위해 결국 읍내 병원을 찾게 되었다. 그때 나는 그 상황을 기억하기 어려운 나이였다.

어렴풋하게 기억나는 하나는 거대한 하얀 벽으로 둘러쳐진 방이었다. 강한 어떤 냄새가 코를 찔렀다. 그리고 잠시 눈부신 불빛들이 나를 비추고 있었다. 여러 명의 어른들이 말하는 소리 쇠가 부딪히는 소리. 그리고 그 후 나는 깊은 잠에 빠져있었다. 힘없이 눈을 떴을 때 어디서 울음소리가 들렸다. 희미한 얼굴이 보였다. 어머니였다. 어머니가 곁에 있었다. 내 손을 꼭 붙잡고 나에게 무슨 말을 건네고 있었다.

“아가! 우리 아가! 얼마나 아플까? 불쌍한 내 새끼!”

그제야 내가 정신이 들었다. 나는 어머니라고 소리를 냈다. 그러나 내 소리는 밖으로 나오지 않았다. 자꾸만 목안에서 맴돌았다. 눈물도 나오지 않았다. 무언가 쿵쿵 울리는 동굴에서 나오는 텅 빈 소리만 허공에서 맴돌았다.

누군가 나를 흔들었다. 나는 안간힘으로 버티다가 눈을 떴다. 잠시 잠이 들어 있었다. 인애였다.

"꿈꿨어요? 선배! 웬 잠꼬댈 그렇게 해요! 애들처럼! 밖에 나가요. 저녁준비 됐어요."

밖은 캄캄했다. 주위는 적막에 쌓여있었다. 아래층 잔디가 깔린 정원에는 인애와 두 여인들이 저녁 준비를 했다. 하늘은 검푸른 청 공광이 초저녁별을 빛나게 했다. 잔디 위 나무 테이블에는 갖가지 야채와 반찬들이 먹음직스럽게 차려져 있었다. 잘 구워진 삼겹살, 코끝을 자극하는 구수한 된장찌개 내음. 작은 가마솥에서 금방 퍼낸 잡곡 섞인 저녁밥. 식욕을 자극했다. 주위가 신방처럼 아늑하게 우리들을 감싸주었다. 둥근 통나무의자에 앉아 저녁밥을 먹었다. 쌈을 싸서 먹기도 하고 된장을 밥에 놔서 비벼먹기도 했다. 밥을 먹고 나니 구수한 누룽지 삶은 물이 가마솥에서 뜨끈하게 데워져 속을 시원하게 마무리해주었다. 디저트로 준비된 과일들이 형형색색 고운 무지개 빛깔로 과일 쟁반에 담겨져 나왔다. 술도 준비되었다. 어느새 캠프파이어가 준비되었다. 장작불이 발갛게 불을 뿜었다. 분위기도 조금씩 달아올랐다. 흰색 콘크리트 헛간에서 두 여인이 들고 나온 악기. 기타와 악보 대를 자그마한 무대 위에 차려놓았다. 두 대의 기타와 함께 듀엣으로 기타연주를 하며 노래를 불렀다. 캠프파이어가 무르익어가고 있었다. 7080시대의 대중가요는 금방 그때 그 시절로 데려다 놓았다. 모두가 함께 노래를 불렀다.

저 별은 나의 별
저 별은 너의 별
별빛에 물 들은 밤같이 까만 눈동자
저별은 나의 별
저별은 너의 별
아침 이슬 내릴 때 까지

별이 지면 꿈도 지고
슬픔만 남아 요
창가에 지는 별들의 미소
잊을 수가 없어 요
저 별은 나의 별
저 별은 너의 별
별빛에 물 들은 밤같이 까만 눈동자
저 별은 나의 별
저 별은 너의 별
아침 이슬 내릴 때까지
라라라라라라 라라라라라라
라라라라라라 라라라라라라

지는 겨울 눈 내리던
창가에 앉아서
단둘이 남은 영원한 약속
잊을 수가 없어요
저 별은 나의 별
저 별은 너의 별
별빛에 물들은 밤 같이 까만 눈동자
저 별은 나의 별
저 별은 너의 별
아침 이슬 내릴 때까지
라라라라라라 라라라라라라
라라라라라라 라라라라라라
라라라라라라 라라라라라라
라라라라라라 라라라라라라

밤이 하얗게 새어가고 있었다. 나무 장작은 하염없이 불을 공중으로 뿜어 올리고 있었다.

분위기가 고조되고, 인애는 자신의 자작시를 낭송하였다.

'바람으로 오는 당신'

바람으로 오는 당신
구름으로 오는 당신

이슬비로 오는 당신

언젠가 오신다는 말없이
언젠가 가신다는 말없이

바람으로 오는 당신

비가 오면 비에 젖는 풀잎처럼
바람 불면 바람에 흔들리는 물결처럼

바람으로 오는 당신......

이른 새벽 청도를 떠나왔다. 아침 출근을 위해서였다. 인애는 나에게 말했다.

"선배! 오는 길 잘 알았지! 기다릴게. 잘 가! 조심하고……."

그녀는 실루엣 형상으로 오랫동안 먼발치에 서서 배웅하였다. 적막한 새벽! 도로는 막힘없이 뚫렸다. 갈 때 시간보다 절반은 줄어든 시간의 거리였다.

오면서 생각을 정리해 보았다. 인애와의 만남! 가까운 거리. 여자들만 있는 곳! 마치 준비된 프로그램처럼 진행이 순조로운 이벤트였다.

나는 곧장 기차역으로 차를 몰았다. 집에 들를 시간이 부족했다. 예매된 티켓 시간은 아직 30여 분 남았다. 이른 새벽 기차역 대합실엔 몇몇 여행객들이 신문을 보거나, 새벽 커피를 마시는 사람들. 조간신문과 원두커피 한잔을 사가지고 대합실 벤치에 앉았다. 세상 사는 것이 어쩌면 잠자고, 밥 먹고, 잠시 일하다가 그렇게 반복되는 일상. 시계바늘처럼 돌고 돌다가 어느새, 밧데리가 소진되면 멈추는 기계와도 같은 잠깐의 인생이다. 어느 우스개처럼 10대는 10킬로 속도로, 20대는 20킬로, 70대는 70킬로. 잠시 잠깐에 시속이 급류처럼 빨라지는 인생살이다.

정년이 보장되지 않은 세상에서 남자들의 비애는 비에 젖은 가을낙엽처럼 쓸쓸하다. 인생 절반을 일에서 보내고, 조금 허리 펼쯤, 퇴직이다. 활짝 펴보지 못한 꽃처럼 시들다 한 생애를 마감한다. 괜히 헛꿈만 풍성하다. 어쩌다 시간 비는 날엔 딱히 갈 곳도 없고, 오라는 곳도 없다. 아내는 일주일 스케줄이 빽빽하게 들어차 함께 할 시간이 불가능하다. 어쩌다 간만에 아내와 나들이 시간엔 사소한 말 한마디로 언쟁이 생긴다. 별 의미 없이 던진 한마디가 매서운 화살이 되어 가슴에 꽂힌다. 이미 애정의 온도는 효력을 상실한지 오래다. 거리엔 젊은 실버들로 가득하다. 어느 날 은퇴한 사회 지인 친한 형님 집엘 갔다. 두어 달 전만해도 의기양양 독일 항공회사에 촉망받던 고급 엔지니어였다. 연봉도 되고, 고급차량 지원에 이것저것 혜택이 풍성했다. 그런데

‘하루아침’에, 라는 말처럼 백수가 되었다. 화려한 손기술도 이제 쓸모가 없어졌다. 그렇게 다정했던 형님부부의 금실이 한 순간에 바닥이 난 지경이다. 뭔가 잘못 되어가는 세상이다. 딱히 찾아서 할 소일거리가 우선은 잡히지 않는 눈치다. 아내의 말에 의하면, 아무것도 안하고 집에만 있다고 부인이 불만이란다. 남의 일이 아니다. 그동안 한 평생 몸 바쳐 가족에게 노동으로 봉사한 댓가는 물거품처럼 사그라들고 있었다. 어떻게 이해를 해야 좋을지 가슴이 아렸다. 아직 남은 생은 멀었는데……. 티격태격 다투는 모습은 남자들의 웃지 못 할 비애다. 나는 기차에 올라 이런저런 생각을 하다 문득 한 편의 시가 떠올랐다. ‘가을 단풍처럼’

나는 한 여름 무더웠던 기억을 사랑한다

뜨거운 열정으로
푸른 잎새들 하나, 둘
그리움으로 익어갈 때,

온몸이 열병처럼 아픈 통증이
오래갔다

석양이 물들 무렵, 산허리
비껴 나는 철새들의 아름다운
실루엣!

그것이 철새들 그리움의 날개 짓인지
모르는 것처럼……

몸이 수천만도의 화력처럼 끓어오를 때
내 시린 날개가 서서히
푸른빛으로 물들어 갈 때

그것이 산천에만 물드는 단풍인줄만
알았다

그리움으로, 그리움으로
불타오르는
내 가슴속 퍼렇게 멍드는
단풍!

그리움이 '단풍'이라는 것을……

문득 떠오른 생각. 지금쯤 아내는 무엇을 하고 있을까? 내겐 일말의 양심이라도 남아 있는 걸까? 발을 똑바로 내디뎌도 자꾸만 엇걸음 치는 나. 내게 주어진 현실의 어떤 괴로움이 이토록 공허하게 만드는 걸까? 공허하다. 허기가 진다. 일탈……. 일탈…….

11부 _ 늪에서 늪으로

아직 설익은 즉흥시를 카톡에 담아 보낸다. 가장 먼저 떠오르는 여자! 그녀에게 보낸다. 이상하게도 카톡에 먼저 닿는 그녀! '지향!' 웬일인지 자꾸만 편향되는 생각. 조금 전까지도 인애와 함께 했던 시간을 지워버리는 그녀. 순간, 장난기가 발동했다. 비슷한 찰나에 카톡으로 인애와 지향, 두 여인에게 문자를 보냈다. 내용이 동일한 문자. 그러고 보니 앞으로 벌어질 일들이 매우 흥미롭게 다가왔다. 두 명의 여인. 인애와 지향! 두 여인을 사이에 두고 나는 잠시 생각에 잠긴다. 인애는 편한 친구 같은 여인. 지향은 중년을 넘겨 만난 친구 같은 여인. 음식으로 표현하면, 양식과 한식을 눈앞에 두고 식성에 맞춰서 선택해야 하는 사이. 양식은 해 저문 저녁이 어울리고, 한식은 따사로운 햇볕이 있는 점심이 어울린다. 저녁엔 무드가 수반되고, 점심은 식욕이 수반된다. 그러고 보면 성격도 음식에 걸맞은 편인 것 같다. 점심에 잘 어울리는 여자. 지향! 저녁에 잘 어울리는 여자. 인애!

누구도 버릴 수 없는, 버리지 못하는 두 여인. 그녀들의 모습에 내가 들어있고, 내 모습 속에 그녀들이 숨겨져 있다. '숨겨둔 이브!' 그녀들 앞에서 나는 부초처럼 일렁이는 하루살이 같은 삶이 연속될 것처럼 느껴졌다. 바람 불면 부는 대로 흘러가다 잠시 안착하고, 물결치면 치는 대로 움직이다 잠시 안착하는 무게 없는 삶. 여자는 철들면 시집을 가고, 남자는 철들면 죽는다는 어느 책에서 읽은 글귀가 자막처럼 눈앞을 오르내린다. 유행가처럼 번지는 질병의 바이러스. 무대를 밝히는 화려한 조명 앞에서는 대중가수들의 소리 없는 우울증. 직업이 생계를 위협하고 생계가 삶을 위협하는 현실. 왜 사는가를 물어오는 무언의 울림 속에서 남자들은 독한 술을 마신다. 술을 마시면 봄눈처럼 허물어지는 상념. 그래서 한 병이 두 병이 되고 두 병이 여러 번 거듭되면 술이 술을 안고 불속으로 들어간다. 마비된 정신이 경계를 잃어버리면 아무 곳 아무 때에서도 세상이 점점 좁아지고 좁아진 세상 속에서 비로소 내가 존재한다. 잃어버린 추억을 되살리는 술. 복잡한 미로처럼 얽힌 내장기관을 순식간에 장악하는 알콜. 한 잔술의 힘은 비로소 남자를 남자답게 탄생시키는 호기가 된다. 지난 날 학교 동아리에서 함께 만난 인애. 그녀와의 술자리는 늘 편안한 안방처럼 가로막는 담이 없어 좋았다. 호칭이 편하고 자리가 편하고 말투가 편하고 계산이 편했다. 마치 함께 살아온 가족처럼 흉허물이 없었다. 여자라기보다 편한 친구 같은 인애. 때론 밤이 새도록 마시고 주절대고 누군가 먼저랄 것도 없이 함께 움직이는 막역한 사이. 그녀는 탄생부터가 순조로운 경제력 있는 집 여식이었다. 말수도 교양이 배어있고 행동도 자연스럽게 친화적인 모습. 언제나 웃음이 떠나지 않는 해맑은 여인. 어느 날 사진실기 과제물이 있던 날 그녀는 내게 다가와 도움을 청했다. 대형카메라 암실 실기 과제물이 있던 날이었다. 시내에서 저녁을 함께 하고 스튜디오 암실에 들었다. 빛이 차단된 캄캄한 암실에서 가뭇한 적색 암등 불빛만 어렴풋하게 두 사람의 형체를 보이는 적막한 공간. 우리는 아무 생각 없이 착실하게 암실 과제물에 정신을 일도 했다. 간간이 두 사람의 호흡소리가 암실을 맴돌곤 했다. 무에서 유를 창조하는 흑백사진 인화작업. 하얀 인화지에서 점점 형체가 마술처럼 술술 풀려나왔다. 그 순간만큼 즐거움이 수반되는 행복함도 없었다. 암실 사진작업을 하는 인애는 마치 어린 아이처럼 좋아했다. 나는 중학생 때부터 취미로 카메라와 함께 하며 사진의 기술과 흑백작업의 원리를 배워왔던 참이었다. 이상하게도 내가 작업하는 흑백사진은 어림짐작으로도 거의가 완벽한 퀄리티를 만드는 지경이다. 감각이란 예민한 몸의 기관에 붙은 촉수처럼 자연스럽게 작용한다. 맛있는 요리를 하는 여인들의 손맛 또한 이미 예정된 프로그램에 따라 그 맛의 차이를 가늠하게 하는지도 모른다. 모든 사물의 이치가 결국 빗물이 모여 내를 이루고 강물을 거쳐 바다로 가듯. 하나로 통하는 원리 그것은 타고난 어떤 것에 따라 보이지 않는 곳에서 오토매틱하게 조절되는지도 모른다. 사람이 사람을 낳는 자연의 원리처럼 음극과 양극의 무궁한 조화작용. 나는 사람의 관계도 이미 예정된 프로그램에 따라 움직이게 되는 묘한 흡인력과 이끌림의 작용이라고 생각한다. 남녀의 관계에서도 어느 날 우연히 만나 사랑을 나누는 연인들처럼. "우연은 필연을 수반한 변증법의 명제"라는 말처럼 매우 아리송한 흔적 없는 바람과 같다. 갑자기 친하게 된 것이 아니라 친하게 되는 보이지 않는 간극의 이음새에서 관계의 끈이 사계절의 변화처럼 이어지는 것이다. 인애는 그렇게 해서 지금까지 실타래처럼 이어진 우리 둘의 사이가 되었다. 세월이 지나고 서로가 가정을 이룰 때도 서로는 언제나 가까이에서 항상 함께 하리라는 무언의 약속 같은 우리 둘만의 숨겨진 비밀의 기호가 있었다.

* *

인애가 나에게 가장 가깝게 다가왔던 날이 있었다. 학교 구내식당에서 점심을 먹고 잠시 쉬는 시간이었다. 후배들과 캠퍼스 벤치에 앉아 담배 연기를 뿜으며 먼 산을 바라보고 상념에 젖었을 때, 등 뒤에서 인기척이 났다. 고갤 돌려 보니 살그머니 내 등 뒤에서 나를 골려주려는 자세를 하며 다가온 그녀. 햇살 받은 얼굴이 더욱 생기 있게 느껴졌다. 미소 짓는 하얀 치아가 인애의 얼굴을 더욱 아름답게 만들었다.

"아이, 이런 실패. 선배! 뒤에 눈 달렸어?"

"야아, 요, 도둑고양이처럼……. 어딜 감히 성역을 침범하려고?"

"선배! 밥 뭐 먹었는데?"

"야, 알아맞히면 오늘 영화와 2차 쏜다!"

"호호, 그거 재밌는데? 선배 뺑치기 없기다!"

"야아, 내 사전에 뺑이란 없다! 단지, 상대의 편의적 얼굴에 따라 선택의 방법만 다를 뿐."

"좋아, 그럼 일단 선배 눈감고 손 내밀어 봐."

내가 내민 손바닥에 인애는 뭔가 신호를 보냈다. 어떤 기호 같기도 하고, 또 어떤 단어 같기도 한 손가락 표시. 그리고 인애는 나에게 '단서' 조항을 붙였다.

"선배! 내가 표시한 내용을 알아맞히면, 조건 하나가 더 첨가된다는 사실 명심하시길……. 호호."

점심 메뉴를 맞히던, 맞히지 않던 둘 중 하나는 들어주어야 할 가당찮은 명제였다. 그러나 어떻던 느낌이 싫진 않았다.

“그럼 점심메뉴부터 맞춰볼까?”

“그런데, 선배 힌트 같은 것 뭐 없을까?”

“힌트라? 좋아. 음, 힌트! 잘 들어, 어머니의 손맛?”

“호호, 그림이 보이네.”

“한방에 찍어라!”

“된장찌개! 아, 아니 청국장찌개! 호호호.”

인애는 섬세하며, 예민한 총명함이 모습에 담겨있다.

“아, 아닌데……. 후후.”

“아니긴 뭘 아니야! 선배! 아, 해봐.”

인애는 복슬강아지처럼 살살대며 코로 입내음을 확인했다.

“야! 쪽집겐데……. 좋아! 오늘 쏜다! 내가, 그런데 아까 손바닥 사인은 뭐야?”

“그러니까? 그걸? 맞혀봐. 힌트 필요해?”

“아니, 척하면 답이 보이지.”

나는 인애에게 손바닥을 내밀라하고 그 위에 내 직감을 바로 표현했다. 그 순간 인애는 다시 한 번 확인하려는 제스처로 내게 눈웃음을 보였다. 나 역시 이심전심의 동감을 표현하며 허공에 표시를 하였다. 인애는 감 잡았다는 표시로 오케이 사인을 보였다. 옆에 동석했던 후배들이 야유를 보냈다.

"선배님! 너무 선정적 놀이 아닙니까?”

"야아, 뭐 눈에 뭐만 보인다는 말 들어봤지? 저, 떠 있는 구름 뒤를 생각해봐라. 뭐가 보이냐?"

우린 그렇게 한동안 말장난을 하다가 교문을 나섰다. 산등성이 위에 우뚝 솟은 건물들이 술래처럼 기웃거리는 신도시 아파트들. 인애는 조수석에서 콧노래를 부르며 차창 풍경을 감상하고 있었다. 막상 후배들을 떠나오며 인애와 단둘이 드라이브를 하는 지금 순간들이 조금 어색했다. 어색한 순간을 메우는 카스테레오 음악은 매우 자연스러운 분위기를 연출했다. 누군가에게 건네받은 재즈 CD 경음악이 경쾌하게 울려나왔다. 인애는 나에게 말을 건넸다.

"선배! 역시, 선배의 감성은 알아줘야겠어."

나는 일순간 우쭐한 마음이 들었다. 그래서 잡학사전을 가동했다. 한참 열을 내며 시내를 향하는 드라이브에서 인애는 어느새 시트에서 기울어져 잠들어있었다.

라디오 볼륨을 올리고 차를 달렸다. 해피에프엠에서 음악이 흐르고 있다. 흘러간 옛 노래가 마음을 감싼다. 배인숙이라는 7080년대 대중가요 가사와 노래가 마치 잔잔한 호숫가 앞창 넓은 창가로 데려놓는다. '누구라도 그러하듯이'

누구라도 그러하듯이
길을 걸으면

생각이 난다
마주보며 속삭이던
지난날의 얼굴들이
꽃잎처럼 펼쳐져 간다
소중했던 많은 날들은
빗물처럼 흘려보내고
밀려드는 그리움에
나는 이제 돌아다본다
가득찬 눈물 너머로
아~~ 아~~~~~~ 아~~~
누구라도 그러하듯이
거울을 보면
생각이 난다
어린시절 오고 가던
골목길의 추억들이
동그랗게 맴돌아 간다
가슴 속에 하얀 꿈들을
어느 하루 잃어버리고
솟아나는 아쉬움에
나는 이제 돌아다본다
가득 찬 눈물 너머로
저 푸른 하늘 너머
우우우우

우우우우
우우 우우 우

인애가 잠에서 깨어 노래를 나직이 따라서 부르고 있었다. 우리는 가사의 내용에 빠져 그림 같은 지난날들을 회상하며 차창 밖 풍경 속으로 잠입되었다. 한참 만에 우린 약속처럼 입을 열었다.

"선배! 계절처럼 우리도 우리의 마음을 흠집 없이 갈아입을 수 있을까?"

인애는 다소 심각한 표정으로 나를 바라보았다.

"계절의 옷이라……. '그라데이션의 미학!' 야, 아 말 되네. 후후."

멀리 공원묘지가 눈에 들어왔다. 누군가 생의 마지막 종착지. 산등성이로 고개 내민 신도시 고층아파트. 추운 겨울 어머니의 부음을 받고 달려간 어머니가 눈감은 방. 80고개에서 결국 이승을 떠나신 정 많으신 어머니. 아버지가 별세하신 날에도 나는 죽음을 실감하지 못했다. 아버지의 자리는 언제나 눈높이에서 멀찌감치 떨어져 있었다. 도대체 아버지의 속마음을 알지 못했다. 언제나 도랑처럼 아버지의 곁은 물소리가 흘렀다. 아주 어릴 적 친구들과 감 타래 밑에서 말랑한 주홍색 곶감을 하나씩 빼먹으며 놀았다. 얼마나 먹었는지 감 타래 한 부분이 아이들 몸이 보일 지경이었을 때, 일은 벌어지고 말았다. 아버지가 어디서 나타나

셨는지 호랑이 같은 얼굴로 몽둥이세례를 받았다. 혼비백산 줄행랑을 하였다. 지금 생각해도 어린 아이가 키보다 높은 용마루 얹힌 담을 장대선수처럼 훌쩍 날아갔었던 기억이 생생하다. 그리고 2년 후……. 항상 동백기름으로 단장하신 어머니 염색한 검은 머리 단아한 모습. 평생을 함께 살아가리라고 생각했던 어머니. 그 어머니가 온돌방 아랫목에서 눈감고 이승의 문을 나서셨다. 금방이라도 '철민아!' 하고 부르실 것 같은 부드러운 어머니의 음성이 환청처럼 맴돌았다. 자그마한 체구에 날렵한 몸으로 맛있는 음식 만들어 주시던 어머니.

도대체 실감이 나질 않았다. 꿈만 같았다. 가끔 꿈이 현실처럼 비칠 때 그땐 안간힘으로 뒤척이다 눈을 뜨면 다행히 아롱한 꿈이지 않았던가? 나는 어머니의 주검 앞에서 카메라 렌즈를 들이밀었다. 카메라 파인더가 자꾸만 안개 속에 묻혔다. 어느 여름 해변에서 가족들과 휴가를 즐길 때 문득, 나의 누운 모습을 담고 싶었다. 눈감고 누운 모습. 딸아이에게 부탁했다. 찰칵찰칵! 카메라 셔터소리가 아득히 먼 수평선을 홑이불처럼 끌어당겼다. 아내는 곁에서 함께 누운 채로 여름 날 청명한 하늘을 감상하는 듯했다. 한참 만에 디카 액정에 담긴 나의 눈감고 누운 모습을 생생하게 볼 수 있었다. 순간, 어떤 단상이 떠올랐다.

'눈감고 누운 모습 보면 내가 현존한 주검을 확인하는 생각의 교차점!' 그때가 지금 눈앞에 어머니의 주검과 오버 랩 되어 묘한 '포토시퀸스'를 만들었다. 언젠가 돌아가야 할 본향에서 사람들은 눈감은 잠시의 모습을 망각하고 살아간다. 그렇게 모진 겨울추위도 오래 버티지 못하고, 몸이 익어가는 삼복더위도 결국 계절의 이음새에서 추락한다. 한 번도 가보지 못한 낯선 여행지를 여행하는 뜬구름 같은 이국의 풍경 속에서 한동안 방향을 잃은 적도 있었다. 가뭇한 낯설음의 풍경. 그 풍경 속에 어머니는 눈감고 자신의 한 생애를 놓으셨다. 다시는 돌아오지 못할 처음 그곳으로 돌아가신 것이다. 가족들이 좁은 방을 가득 메우고 잠시 잠깐의 갇혀진 풍경 속에서 각자의 생각의 영상들을 환등기를 돌리듯 망연하게 철컥철컥 돌리고 있었다. 생각이 빠져나간 공터로 헛발질을 하며 생시를 배회하고 있었다.

차를 달리며 생각에 빠져있었다. 인애는 나를 보며 말했다.

"선배! 뭘 그렇게 생각해 넋 나간 사람처럼?"

한참동안 멍하니 생각에 잠겨있었다. 삶이란 어쩌면 생각의 차이에서 '희노애락'이 교차하는 것 같다. 구름 낀 날 마음 다르고 화창한 날 마음 다르듯이. 우리는 시내 커피숍 주차장에 차를 세우고 창 넓은 쪽을 찾아서 앉았다. 커피숍에서 풍겨 나오는 커피향이 마음을 들뜨게 만들었다. 인애는 아이처럼 들뜬 목소리로 나에게 다가왔다.

"선배! 우리 오늘 별 보러 갈까?"

"별? 좋지."

인애는 학교캠퍼스에서 내 손바닥에 신호를 보냈던 것이 결국 별?이였다. 나에게 신호를 보낼 때 나는 직감했다. 남녀 사이에서 보이지 않는 감동의 교류는 눈빛이다. 그 사람의 눈빛에서 이미 '호불호'의 순간 포착이 결정된다. 인애와 동아리 활동에서 우리는 늘 부속품처럼 함께했다. 말하지 않아도 어느새 내 생각처럼 행동했던 여자. 센스가 몸에 배어 있는 여자. 우윳빛 어린아이 피부처럼 뽀얀 얼굴. 웃음이 말과 함께 섞여있는 여자. 자그마한 체구에 몸놀림이 재바른 여자. 언제나 내 얘기에 귀 기울여주는 그림자 같은 여자. 나는 인애가 언제나 내 행동반경에서 벗어나는 일이 없었다. 돈을 잘 쓰고 없을 땐 서슴없이 내 주머니에 손을 집어넣는 솔직한 여자였다. 그래서 오늘 우리는 약속대로 맛있는 밥을 먹고 영화를 보기로 했다. 인애는 참 편안한 여자다. 언젠가 나와 같이 있을 그런 여자라고 생각했다. 인애는 언제부턴지 물어보진 않았지만 가끔 담배를 피울 때가 있었다. 어느 날인가 인애는 내 앞에서 담배를 피운 적이 있었다. 나는 인애의 담배 피는 모습을 보면서 선입견을 버린 적이 있었다. 그녀가 스칠 때마다 상큼한 오이 비누 냄새가 났다. 정갈한 이미지와 함께 정리정돈이 깔끔한 여자였다. 그런 이미지의 인애가 내

앞에서 담배에 불을 붙여 조그만 입으로 연기를 뿜는 모습은 영화에서 보는 장면과도 같았다. 그날 내가 인애에게 한 첫마디가 지금도 기억에 생생했다.

"야아, 요 여린 것이 네가 담배 맛을 알아?"

너무 생각의 이미지를 초월한 상황에서 나도 모르게 갑자기 튀어 나온 한마디였다. 그러자 인애는 반박하듯 내게 한마디 응답을 했다.

"선배! 연애라는 맛을 알아요?"

나는 그녀의 거침없이 돌아온 한마디에 갑자기 응수를 하기가 궁색했다. 그래서 무의식에

"야아, 연애 맛도 모르고 연애하는 사람 있어?"

얼떨결에 뱉은 한마디에 그녀는 나에게 잠시의 틈을 주지 않고 응수해왔다.

"선배! 담배 맛 모르고 담배 피는 사람 봤어요? 호호호."

그녀는 통쾌하다는 듯 나를 쳐다보며 한참을 깔깔거리며 웃었다. 그때를 생각하니 지금도 웃음이 나왔다. 인애가 담배를 예쁘게 피우는 모습에서 나는 어떤 소유물 같은 장난감으로 느껴졌다.

우리는 인애가 말한 별을 보러 갔다. 별이 보이는 방은 우리가 가장 편안하게 느낀 장소였다. 어느 날인가 카메라 실기 과제가 있던 날, 팀별로 스튜디오에서 만났다. 조명 실기에 의한 모델

촬영이었다. 마침 주변에 수소문한 모델은 30대 초반의 아가씨였다. 서울 말씨의 상냥한 여자. 그 모델을 촬영하기 위해 5명이 번갈아가며 대형카메라에 각자의 리포트실기를 하였다. 한 사람이 모델을 촬영하기 위하여 30여 분을 기다려야했다. 인애와 나는 4번과 5번에 배정되어 2시간 이상을 기다려야 했다. 스튜디오에서 참관하며 기다리다 인애가 나에게 잠시 바람 좀 쐬고 오자고 제안했다. 무료하던 참에 우리는 슬그머니 스튜디오를 빠져나왔다. 거리는 어둠으로 가득 찼다. 인애는 근처에 '별보는 방' 카페가 있다고 했다. 도시의 거리를 배회하다가 눈에 띄는 간판이 보였다. 간판이름이 '별보는 방'. 카페의 이름이었다. 우리는 서로 눈빛을 나누며 '별보는 방'으로 들어갔다. 3층 건물로 지어진 나선형의 특이한 건축물이었다. 소라껍질 모양의 빙빙 둘러서 올라간 오렌지 색 건물이었다. 우리는 3층으로 올라갔다. 각 층마다 유리로 된 창 너머로 언뜻 연인들로 보이는 고객들의 풍경이 설핏 들어왔다. 각층마다 실내 분위기와 조명이 구분되어있었다. 3층 건물 입구에 들어서자 카페 여자 도우미가 우릴 안내했다. 따라 들어가 앉은 곳엔 메뉴' 표가 놓여져 있었다. 메뉴에 따라 작은 방이 배정되었다. 우리는 커피와 함께 맛볼 수 있는 케잌 두 조각을 주문했다. 조금 후 카페 도우미가 주문을 받으며 특별히 안내된 '별보는 방'으로 안내되었다. 안내된 방엔 두 사람이 앉으면 알맞을 크기의 자그만 방이었다. 도우미가 벽스위치를 올리자 음악이 흘러 나왔다. 그리고 리모콘으로 버튼을 누르자 의자가 뒤로 젖혀졌다. 곧이어 유리로 된 건물 천정에서 은하수가 흐르고 별들이 쏟아져 내렸다. 시뮬레이션 기법으로 구성된 오토시스템 장치들이었다. 잠시 후 도우미가 건네준 3D 입체안경을 끼고 요지경 세상에 빠져들었다. 특히 한 시스템마다 일정한 금액을 넣어야 작동되는 장치들이었다. 노래방과 동영상 시스템. 우리는 한동안 자동화 매뉴얼을 익히며 그 장면에 빠져 들어갔다. 인애는 누구에겐가 '별보는 방'이 있다는 소문을 전해 들었다고 했다.

꼭 한번 이곳을 오고 싶었다고 했다. 가끔 나에게 '별보는 방' 이야길 노래처럼 해왔었다. 시뮬레이션 속에서 서로가 주인공이 되어 가상공간을 날기도 하고, 바다 속 깊은 곳을 유영하기도 했다. 디지털시대의 전자 인간이 된 가상현실 속에서 잠시 넋을 잃기도 했다.

우리는 주머니에 돈이 바닥난 사실을 알고 그 카페의 방을 나서야 했다. 한참을 멍한 상태에서 가상공간을 헤매고 있었다. 인애가 나에게 말을 건넸다.

"선배! 우리 다음에 우리들만의 공간을 만들면 어떨까? '배산임수'의 전원!" 인애는 매우 들떠 있었다. 그날 우리는 결국 조명

실기 과제를 포기하고 호프집으로 향했다. 자주 가는 호프집 '마로니에 언덕'. 라이브가 있어서 더욱 분위기를 돋우는 술집이다. 치킨과 맥주를 마시며 전원에 대해서 이야기를 연결했다. 꽤 구체적인 계획을 인애는 나에게 말했다. 나는 인애에게 한마디 사족을 붙였다.

"그런데 말이야. '애인과 전원주택'은 관리하기가 가장 어렵다는데?"

인애는 기다렸다는 듯 응수해왔다.

"선배! 관리하기 어려운 것이 결국 보물 아닐까?"

그리고 인애는 다음 말로 쐐기를 박았다.

"보물과 관리, 호기심과 예술! 우리에게 잘 어울리지 않아."

인애는 신이 나서 계속 말을 이어갔다.

"선배! 이 계획 내가 꼭 보여줄게! 호호."

밤은 호프의 양만큼 점점 깊어가고 있었다. 이야기가 시간을 잠재우고 있을 무렵, 우리는 새벽이 가까워 져가는 것을 청소차가 지나는 것을 보고 알았다. 인애는 나에게 있어 여자라기보다 편한 '남친'처럼 스스럼이 없었다. 그냥 편한 동료 친구관계였다. 그래서 언제나 행동하는 반경에는 불편함이나 부담스러움이 존재하지 않았다. 주위에서도 그러한 우리를 자연스럽게 보고 넘어가는 무관한 사이 정도였다. 남녀관계에 이성이 존재하지 않는 것, 인애와 미래를 동반자 관계로 생각한다는 것에 대하여 나는 별로 무감각했다. 인애도 어쩌면 같은 생각을 하고 있을 지도 모른다. 가끔 아무 생각 없이 포옹을 한다거나 자연스런 손잡음, 그러한 무관함에서 우리는 이성의 관계를 무너뜨렸는지도 모른다. 어느 날인가? 남녀의 섹스에 대해서 느닷없이 내게 물어온 적이 있었다.

"선배! 뭐 하나 물어봐도 될까?"

"뭔데? 아는 대로 답변해 주지!"

인애는 내 차를 타고 어딘가를 달릴 때 차안에서 한 말들이다.

"선배! 섹스 해봤어? 호호."

나는 갑자기 어떻게 답변을 해야 할까 망설이다가 이렇게 답변했다.

"으음, 이거 비밀인데, 그러는 너는?"

인애는 스스럼없이 내게 답했다.

"호호. 나, 몇 번이나 했을 것 같아?"

"글쎄? 몇 번일까?"

우리는 한 동안 깔깔대며 순간의 어색함을 해소했다. 인애는 나에게 있어서는 매우 솔직하고 편하게 모든 것을 말했다. 그녀가 입을 열었다.

"사실은 나, 고딩 시절 여름방학 때 섹스라는 것을 처음 해봤어. 그때는 정말 나 자신을 잠시 잃어버렸으니까.”

나는 그 얘기 속이 궁금해서 인애에게 채근을 했다.

“어디서 어떻게 벌어진 시추에이션일까?”

인애는 천천히 말을 이어갔다.

“어느 초여름 밤! 친구 자취집엘 갔는데, 마침 거기에 그 ‘남친’과 ‘남친’의 친구 그렇게 4명이 자연스런 짝이 되었지.”

“그래서 일이 벌어지게 되는 발단인가?”

나는 점점 인애의 풋사랑이 궁금했다.

“선배! 그런데 이상하게도 우린 서로 짝이 되어 얘길 나누게 되었고 밤이 깊어 갔지.”

나는 인애의 말이 끊어지지 않게 적당히 추임새를 넣었다. 인애는 점점 이야기가 깊어가고 있었다.

“선배! 그런데 그날따라 자꾸 깜빡 깜빡 졸음이 찾아왔어. 거짓말처럼.”

나는 경험에 비추어 상상 속을 헤매고 있었다.

“선배! 그날 어떻게 됐는지 알아?”

나는 직설적으로 한마디 했다.

“결국 사선을 넘어갔나?”

인애는 호호 웃으며 마지막 말로 결론을 내렸다.

“내 친구가 사귀던 ‘남친’은 알아주는 플레이보인데, 그 ‘남친’

의 친구는 '숙맥'인거야. 웃기지?"

"기말고사 관계로 잠을 설치게 된 게 화근이었지 뭐."

"야, 결론이 뭐야?"

"결론! 결국 휴전선을 넘었지."

"어떻게?"

"잠깐 졸았던 것 같은데 이미 방에 불이 꺼져있었어. 옆에선 이상한 신음소리가 들리고. 어둠 속에서 갑자기 누군가의 손이 닿았지."

"야아, 이거 '점입가경'인데."

"그 '남친'의 '남친'이 어둠속에서 나를 더듬었던 거지. 그 후 꿈처럼 몽롱한 허공에서 결국 플러스와 마이너스 전극은 지남철처럼 요철이 합체를 이루게 되었지 뭐."

"야아, 그래서 어떻게 재미있었냐?"

"재미? 호호, 웃겨서. 참! 잠시 잠깐 스친 것 같았는데, 순간 상황 끝!"

"그 후로 어떻게 만남은?"

나는 갑자기 인애가 이성으로 보이기 시작했다. 그리고 내 얘길 들려주어야 할 상황인 것 같았다. 인애는 귀엽고 발랄한 외모에 나와 말을 나눌 땐 벽이 없었다. 그래서 내가 어느 날 인애에게 물었다.

"인애는 너무 솔직한 것 아니야? 나에게 하는 말들을 다른 곳에서도 거침없이 하나?"

그녀는 나에게 단 한마디로 잘라서 말했다.

"선배! 그렇지 않아! 선배가 나에게 벽이 없는 것처럼 나 또한 선배 앞에서 벽이 없지. 장소와 사람을 구별하지 못하는 사람으로 보여?"

야무지게 말하는 인애의 표정에서 무언가 나를 향한 묘한 동질감의 호의가 느껴졌다. 그 이후로 몇 번 그 '남친'과 만남이 있었고 인애가 말한 대로 그 '남친'의 수동적인 숫기가 발랄한 인애에겐 맞지 않은 타입이었다. 그러나 인애는 그때 그 순간적 느낌이 몽환처럼 가끔 생각이 난다고 했다. 어쩌면 인애는 속 깊은 곳에 여성성이 샘물처럼 고여 있을 것이라 생각을 해보곤 했다. 인애는 나에게 경험담을 요구했다. 그러나 지금 이 상황에서 맞받아 얘기하기엔 왠지 적절하지 않았다. 그래서 내 경험담은 후일에 들려주기로 약속을 하고 인애의 풋사랑스토리를 들어보는 우연한 계기가 되었다.

*　　　　　　*

가끔 영화에서 소지품을 떨어뜨리면 주어주는 장면이 있다. 이성사이에서 우연이 필연으로 이어지는 설정이다. 이런 저런 이유로 만남이 잦게 되고 미운 정 고운 정으로 발전한다. 그들은 결국 연인사이가 된다. 우연을 가장한 필연의 관계다. 끌림이라는 것은 상대의 관심을 유발하는 바라봄의 눈빛이다. 여자들이 섹스를 하는 근본적인 이유는 생화학적 끌림이다. 성적 끌림이란 모든 예술작품의 주제가 된다. 누군가를 사랑하는 것은 결국 유혹의 보이지 않는 이끌림이다. 사랑의 가장 확실한 확인은 서로의 몸과 마음을 나누는 섹스다. 끌림이 없는 사랑은 일회용품과 같다. 한번 쓰고 버리는 물건. '용기 있는 남자가 미인을 얻는다.'는 우스개가 있다. 호감은 첫 대면의 잠깐의 순간에서 결정된다. 페티시즘의 미학처럼 이성에서 느끼는 섹스어필. 여자는 과감하게 말을 거는 남자를 선호한다는 '나쁜 남자' 신드롬이 유행한 적이 있었다. 여자를 배려하기 위해 공손하게 대해주면 호감 받던 시대는 문명의 발달과 함께 트렌드가 변했다. 남자다운 리더십. 여성은 마음의 표현을 못 이긴 척 따라주는 것이다. 그것이 자신을 배려해주는 연애의 방정식이다. 나는 그러한 면에서 가끔 실수를 한다. 상대의 마음을 잘못 집는 우를 범한다. 속마음이 겉마음을 따라주지 못하는 불편한 진실. 그래서 전화나 문자를 통한 마음전달이 가끔 허공을 집기도 한다. 지향에게는 보이지 않는 몇 퍼센트의 불편함이 진실을 전달하지 못하는 유리벽이 존재한다. 그녀는 항상 나의 그런 미숙한 면을 유리벽 너머로 관망한다. 솔직 당당한 지향의 성격은 나의 우유부단한 성격 때문에 자신의 속마음이 언제나 언저리에서 맴도는 바람이 된다. 어느 날인가 내가 지향에게 한 말이 생각난다. 나는 지향과 모텔 같은 곳엔 가지 않겠다고 했다. 지향이 운전하는 승용차 안에서 내가 문득 던진 말이다. 지향은 내가 한 말에 반응이 없었다. 나는 이어서 그 말의 사족을 달았다.

"나는 모텔 같은 곳은 가고 싶지 않은데……. 지향은 어떻게 생각하지? 아름다운 꽃처럼 식상하지 않게 바라보는 것만으로 만족하지 않을까?"

솔직하지 못한 속마음과 과감하지 못한 겉마음이 늘 삐걱거렸다. 그녀는 운전대에서 바른손을 떼어 나의 왼손을 부드럽게 감싸 쥐었다. 그리고 내게 잠시 눈을 돌려 말했다.

"아니, 왜 모텔이 부담되나? 사랑하는 사이에 그게 문제가 될까?"

그리고 지향은 내게 약간 경직된 어조로 말했다.

"남녀가 서로 만난다는 것은 색다른 느낌을 맛보기 위함인데. 참, 이상하네. 그 말 진심으로 하는 것 맞아!"

그녀는 매우 당당하게 말했다.

"서로 좋아하는 것은 서로의 모든 것을 공유한다고 생각하는데……."

나는 잠시 변명의 말을 그럴듯하게 풀어놓았다.

"그런데, 지향의 말에 공감하지만, 사실 나는 갇혀있는 모텔보다, 자연 친화적인 펜션이 좋던데……. 자주 가보진 않았지만, 분위기가 집처럼 편안하고, 온돌방의 친근함도 있고. 언제 우리 펜션에 한번 가면 어떨까?"

그녀는 다시 나에게 말했다.

"펜션! 좋지! 그런데 펜션을 생각날 때마다 갈 수 있을까?"

지향의 말은 매우 솔직하고 당당하게 들렸다. 어떻게 생각하면 그녀의 말이 현실적인지도 모른다. 그래서 사랑을 나누는 연인들이 모텔을 애용하는지도 모른다. 이성의 거리는 가깝고도 멀다. 관리하지 않으면 어느 틈에 틈이 생긴다. 틈은 시초가 미세하게 온다. 아주 미세하게 보일 듯 말듯 실처럼 가는 금. 그러나 틈이 생기면 결국 그 결과는 매우 급속하게 진행된다.

그녀는 항상 솔 톤의 음성으로 대화가 시작된다. 그러나 이상하게도 전화의 음성은 매우 낮은 저음으로 응대한다. 어쩌면 그녀의 습관인지도 모른다. 아니면 아직 나의 열지 않은 마음의 빗장 때문인지도 모른다. 그래서 나는 그녀가 항상 긴장된 떨림으로 다가온다. 신혼의 첫날밤처럼 야릇한 흥분 같은 것이 마음 깊숙이 자리하고 있다. 언젠가 봇물처럼 터질지 모른다는 황홀한 섹스의 기대감! 나는 그것을 은근히 바라고 있는지 모른다. 그러나 마음 한편으론 늘 불편한 몇 퍼센트가 나를 열지 못한다. 그저 나의 몸을 열어주기를 기다리는 것이다. 어쩌면 노래방처럼 춤을 추자고 하거나, 용기 내어 섹스를 하자고 얘기할 수도 있을 것이다. 그때가 언제일지 모른다. 기회를 노리는 고양이처럼 심리의 안테나는 항상 곤두 서 있다. 언젠가 그녀의 당당한 행동에서 내가 수용되는 꿈이 편안한 침실로 다가올지 모른다. 편안한 욕실 같은 뜨거운 침잠. 그것 때문에 시간을 세어 가는지도 모른다. 더 큰 금이 가기 전에 그 틈을 메워야한다. 그녀는 나에게 지금 가까이 와 있다. 내가 쥔 열쇠를 자물쇠에 부드럽게 맞추어 여는 일만 남았다.

*　　　　　*

아내와 가끔 의견이 충돌되어 말다툼이 벌어지곤 했다. 사소한 말 한마디가 상대의 마음을 흔들어 놓는다. 오래 굳어진 습관은 좀처럼 언어의 수술이 불가능하다. 어릴 적, 손에 돋아난 사마귀처럼 떼어내도 어느 순간 자라나는 굳은살처럼 습관은 그 사람의 본성이거나, 나이처럼 자란다. 이혼을 꿈꾸는 부부들 사이에는 보이지 않는 시간을 셈하며 기회를 노린다. 가시나무에 연 걸리듯 얽히고설킨 삶의 실타래가 좀처럼 풀리지 않는다. 황혼이혼을 하는 노부부들의 신문기사를 보면 얼마나 많은 날들을 불편한 관계로 살아왔는지 짐작이 간다. 그리고 놀라운 그들의 결단에 삶의 아찔한 '크레바스'를 느끼게 한다. 어느 목사님 설교에서 들은 이야기가 생각난다. 어느 날 아침 세면실에서 양치질을 하고 나온 목사님이 치약 가운데를 눌러 사용한 게 부부간의 화근이 되었다. 남자와 여자의 생활습관의 차이. 목회활동을 하는 목회자 부부들의 일상 또한 어쩌면 부부라는 이름표는 어쩔 수 없는 현실인지도 모른다. 또 어느 목사님 일화는 더욱 인간다운 면모를 느끼게 한다. '어느 날 등산을 하며 높은 곳 정상에서 어떤 사소한 언쟁의 누적으로 순간, 부인을 산 아래로 밀어 버리고 싶은 충동을 느꼈다는 일화.' 누구나 마음속에 불편한 감정 하나 쯤 키우며 살아갈 것이다. 그것이 자라면서 소멸하기도 하고 또 독버섯처럼 웃자라 결국 누군가를 상하게도 하는 보이지 않는 삶의 흉기. 가끔 이혼을 생각할 땐 도피처를 그려 보기도 한다. 그러나 명확한 도피처는 끝내 구현되지 않는다. 부부는 칼로 물 베기라는 속담처럼 때론 하룻밤 잠자리에서 일단락되기도 한다. 궁합의 융합. 부부는 살을 맞대고 있어야 화근이 삭아진다. 섹스리스들의 위험한 시작은 부부대화의 중단이다. 열쇠와 자물쇠의 역할처럼 조금만 어긋나도 결국 무용지물이 된다. 일이 풀리지 않을 때나, 만취된 때 가끔 낯선 곳으로 발길이 옮겨진다. 일시적 피안처. 어둔 '유곽'에서 몸을 위탁한다. 기호식품의 중독처럼 지나

쳐 갈 수 없을 때, 유혹은 강력한 호기심으로 작용한다. 유곽에서 낯선 여자와 몸을 섞는 행위. 아무런 감정도 없는 원초적 행위. 어둠이 내리면 도심 곳곳에 남자의 일회용 휴식처가 암호사인처럼 번뜩인다. 가눌 수 없는 몸을 이끌고 홀린 듯 발길 옮기는 '유곽'에서 유곽은 남자의 전용처가 된다. 불륜의 현장에선 윤리는 없다. 윤리는 어릴 적 선생님이 읽어주시던 종이 냄새나는 교과서에나 존재한다. 윤리는 도처 어디에서도 실종된 지 오래다. '들면 아내, 날면 타인' 이라는 '우스개' 소리는 누군가 실전의 현장에서 터득한 신종 득도의 가르침인지도 모른다. '쇼윈도 부부' 라는 신조어가 생겨난 것도 부부의 도를 넘은 부인할 수 없는 현실이다. 도처에 존재하는 러브모텔의 점진적 양산. 누군가는 즐거움의 집일 수도 있고, 누군가는 호기심의 집일 수도 있고, 누군가에게는 하룻밤 나그네의 처소가 되는 해피하우스. 팔짱 낀 연인들의 불편한 진실은 어느 틈에 침략자처럼 찾아온 스마트한 휴대폰이다. 온갖 심심풀이가 해소되는 공간. 가족이 해체되고, 친구가 해체되고, 부부가 해체되는 문명의 이기. 그것은 누구나 예외 일 수 없는 현실의 도피처다. 무수히 날아오는 스팸. 바람이 불 때 흔들리지 않는 것은 없다. 단지 그 흔들림은 보이지 않을 뿐이다. 흔들리며 피는 꽃처럼 소리 없이 꽃대를 세우는 의연함. 꽃은 피었다 지는 것으로 자신을 낮춘다. 화려한 순간의 정점. 모든 것은 결국 더 이상 오를 수 없는 임계점에서 본성이 드러난다.

*　　　　*

도서관에서 우연히 눈에 띈 광고를 보았다. '웃음치료사' 수강생 모집광고였다. 선착순 모집이었다. 평소에 레크리에이션 기법을 배우고 싶었다. 서류와 면접을 거쳐 수강을 하게 되었다. 오리엔테이션날 공교롭게도 40명 정원에 남자는 단 2명에 여자 수강생들로 교실이 채워졌다. 다양한 수업프로그램이 진행되었다. 오락게임이 자연스럽게 스킨십으로 이어지면서 금방 친밀감이 서로의 벽을 허물었다. 정보화 사회에서 신지식의 교류는 문화인의 특권이었다. 서로를 차츰 알아가게 되고 다양한 강사들의 강의 노하우가 전수되면서 흥미와 분위기는 점점 무르익어갔다. 생각의 벽을 깨는 현실 앞에서 생각의 차이는 불과 잠시 순간이었다. 어떤 장소 어떤 내용에 따라서 사람의 행동은 변하게 되었다. 여성 외모의 선입견을 깨는 유일한 시간이었다. '웃음 치료와 레크리에이션'은 나의 가면을 벗는 일이다. 얼마나 많이 나를 노출시키느냐에 따라 강의를 전수받는 효과는 엄청난 차이가 있다. 수강생들 앞에서 배운 것을 발표하는 시간은 매우 흥미 있고 또 긴장된 시간이다. 남녀의 교류가 이어지는 특별한 공간에서면 나

자신을 발견하게 된다. 상대가 나를 알아보는 시간이다. 누군가의 여자 누군가의 남자들은 어쩔 수 없이 공통분모가 형성된다.

수업이 끝나면 모두 집으로 돌아간다. 그 집에서 아내가 되고 엄마가 되고 남편이 되고 아빠가 된다. 하루의 일상은 결국 집으로 돌아가는 것이다. 반복되는 일상 속에서 사람들은 가끔 일탈을 꿈꾼다. 맘에 드는 이성과 떠나고 싶은 멋진 여행. 언제나 내 말을 들어주는 전화상대. 맛있는 음식을 함께 나누거나, 영화를 함께 보는 시간. 그리고 늦은 저녁 고소한 막창을 씹으며 소주잔을 기울이다 거나한 몸으로 노래방을 찾는 시간. 돈을 버는 일은 돈을 쓰는 일인데, 어떻게 쓰느냐에 따라 삶의 온도는 달라진다. 자연스럽게 이루어진 수강생들과의 커피타임의 대화에서 깨지는 환상. 완벽한 것은 '해' 아래 없다는 순간의 깨달음. 문득 아내와의 말다툼했던 때가 생각났다. 사소한 말 한마디로 발화되는 언쟁. 부부 싸움의 3가지 금기 사항이 있다. 첫째 막말하지 마라. 둘째 집안에서 끝내라. 셋째 따로 자지 마라. 사람들과 친교의 장에서도 지켜야 할 수칙이 있다. '절대 잘난 척 나서지 마라. 말은 반으로 줄여라. 상대를 과소평가하지 마라.' 라는 것들은 알면서도 반복되는 실수를 범한다. 어느 강사의 수업시간에 서양인들의 삶에 대해서 한 내용이 머릿속을 맴돌곤 했다. 나이 80을 바라보는 홀로된 할아버지가 열심히 운동을 하며 돈벌이를 하는 이유를 말했다. 그 노신사는 서슴없이 웃으며 이렇게 얘기했다고 한다.

"나는 아직도 나이를 생각해 본적 없다. 나는 건강이 허락하는 날까지 나의 '여친'과 크루즈여행을 하는 것이다." 라는 노 서양인의 생활철학에서 많은 생각을 얻었다. 경영학자 '피터드러커'는 '측정할 수 없으면 경영할 수 없다. 나이는 달력에 불과하다. 호기심을 잃었을 때 사람은 모든 걸 잃는다.' 살아있다는 것은 끊임없이 움직이는 것인데, 움직임이 멈춘다는 것은 이미 인체의 수명이 소멸됐다는 결과이다. 수강생들과의 대화 모임에서 그들의 생활상들이 거침없이 흘러나오는 것을 귀담아들어 보았다. 예쁜 얼굴의 예쁜 이름을 가진 여성. 외모와는 달리 일찍이 밑바닥에서부터 산전수전을 겪은 경험담은 삶의 체험현장을 보여주는 다큐멘터리였다. 도저히 믿기지 않을 때 우리는 꿈같은 소리라고 한다.

*　　　　　*

무료하거나 일상에 지쳐 있을 때 누군가 곁에서 힘이 되어주는 사람을 찾는다. 친구를 찾기도 하고, 마음 통하는 이성을 두리번거리기도 한다.

친구 곽 사장에게 전화를 걸었다. 그의 목소리가 전화기를 타고 흘러나왔다.

"오, 웬일? 좋은 일 있나!"

"어, 좋은 일 그냥 심심해서. 오늘 퇴근 몇 시에 하나?"

"어, 6시쯤. 왜, 소주 한잔할까?"

"소주! 좋지! 사무실로 갈게."

친구 곽 사장은 언제나 호쾌한 구석이 있어서 좋았다. 가끔, 습관적으로 볼멘소릴 할 때도 있지만, 터놓고 이야기할 좋은 친구다. 그리고 먹은 맘이 오래가지 않는 쿨한 면이 마음에 든다. 어디 괜찮은 곳이 있을까? 생각하는 중에 곽 사장의 전화가 다시 걸려왔다.

"어, 그런데 권 사장 부를까?"

"어, 친구 좋은 대로."

권 사장! 나는 그를 '권 프로'라고 불렀다. 다양한 재주가 있는 그는 어디에서도 그의 재능이 빛을 발한다. 좌중을 사로잡는 그의 입담과 걸쭉한 와이담은 언제나 압권이다. 내가 곽 사장 사무실에 도착했을 때 권 프로도 이미 도착해있었다. 그리고 그의 탁월한 재능으로 몇 사람의 여성들을 섭외하여 오늘 저녁 소주 모임에 동석시키기로 했다. 남녀의 만남은 언제나 설렘으로 가득하다. 보이지 않은 곳에서의 음성을 들을 때처럼 상상을 하는 즐거움은 만남 그 이상으로 충족되는 기대심리가 있다. 권 프로가 예약해 놓은 미팅장소는 언제나 호젓한 분위기로 치장된 독립 공간의 주점들이다. 참치회집에 우리 일행이 미리 도착해서 그녀들을 기다리는 중이었다.

이런저런 농담을 주고받는 사이 우리가 앉아있는 '죽림 방' 호실 문에 노크소리가 들렸다. 권 프로가 응대하며 문을 열어 반갑게 맞았다. 약간의 나이 차이가 있는 3명의 여성들이 방으로 들어왔다. 넉살좋은 권 프로가 너스레를 떨며 소개멘트를 했다.

"아, 반갑습니다! 미인들을 미행하는 불청객을 방어하기 위해 경호원을 배치했는데, 역시 제 예견대로 무사히 도착하심에 박수를 보냅니다!"

그리고 좌중을 향해 각자 자기소개를 유도했다.

"자, 시계방향으로 돌아갑니다. 먼저 곽 사장부터 통성명이 있겠습니다."

그렇게 시작된 만남의 어프로치가 화기애애하게 진행되어갔다. 적당하게 배치된 참치회집 예약호실 직사각형 테이블 위에 참치 안주와 소주가 구미를 당겼다. 예의 바른 곽 사장이 여성들에게 소주 외에 다른 술 주문을 신청했다.

"오시느라 수고하셨는데, 드시고 싶은 '특별 주' 받겠습니다."

잠시 침묵했던 분위기에서 다시 활기를 찾으며 부드러운 술 주문으로 말문을 열었다.

"네, 감사합니다. 이렇게 호의를 베풀어주심에. 호호, 제 소개부터 하겠습니다."

좌중에서 박수가 장단을 맞추며 분위기를 이어갔다.

"미스 진입니다. '진선미'입니다."

곽 사장이 웃으며 응수했다.

"네에? 아니, 미스코리아 진! 그런 겁니까?"

다시 그녀가 받았다.

"보시다시피, 그렇게 생각지 않나요? 호호호."

사실 그녀는 함께한 3명의 여성 중에서 몸집이 있는 섹시한 글래머였다. 어디서 본 듯한 익숙해 보이는 모습이다. 어둔 밤 노래방에선가, 본 듯한 매우 안면 있는 얼굴이었다. 내가 인사를 했다.

"반갑습니다! 강철민입니다. 좋은 분들과 만남의 자리를 환영합니다."

이어서 다음 여성의 자기소개가 이어졌다.

"이하나입니다."

하얀 살결에 웃는 입모양이 매우 청순해 보였다. 옆에 있던 여성친구가 한 마디 했다. 저 친구 저래 뵈도 매우 잘 나가는 레크레이션 강사님인데, 특기는 정열의 탱고댄스. 그러자 외모완 달리 자기를 소개한 이름으로 삼행시를 지어보겠다고 했다. 사실 첫 인사멘트에서 들려 드리려고 했는데, "자, 운을 띄워 보시지요."

우리는 다 같이 한목소리로 외쳤다. "이, 이렇게 만나게 되어 반갑습니다. 이하나입니다." "하!,"

"하! 하루가 왜 하룬가 아십니까? 나! 나를 만나면 하루가 꿈처럼 흘러갑니다! 호호."

모두의 우렁찬 박수소리가 이어졌다. 그녀의 깜찍한 삼행시 멘트에 좌중은 드디어 개문발차가 되었다. 술잔이 돌고 돌았다. 참치 회를 서로 먹여주며 삽시간에 분위기는 파티의 장으로 변해갔다.

여성의 심리는 묘했다. 언제나 보이지 않는 여러 개의 시선을 컨트롤한다. 단순한 남자들의 일거수일투족을 여성은 본능적 촉수로 감지한다. 다양한 코드로 접수하며 이미 남성의 일면하나 하나를 동시에 채점한다. 정신연령의 보고서에 따르면 남성과 여성의 차이는 무려 11년 정도가 차이를 보인다. 그만큼 남성은 여성에 비해 10여 년이나 미성숙 되어져 있다. 내 파트너로 마주앉은 여인은 자기소개에서 이렇게 말했다.

"만나서 반가워요! '심영아' 라고 해요. 마음이 아직 어리다는 뜻이에요. 호호."

그녀는 매우 앳돼 보였다. 약간 수줍은 듯한, 행동과 소녀처럼 귀여운 모습에서 남성의 기를 돋우는 천상여자의 모습이었다. 내가 한마디 했다.

"영아 씨 취미를 물어봐도 될까요?"

그녀는 약간의 낯색을 붉히며 대답했다.

"네, 제 취미요? 악기 연주하는 걸 좋아해요. 제일 자신 있는 건 첼로! 첼로 연주! 전공이니까요!"

그리고 이어서 그녀의 다음 말이 좌중을 무너뜨렸다.

"실은, 저… 사람 연주도 잘 하는데…. 호호호!"

그녀의 외모에서 풍기는 이미지와는 매우 대조적인 멘트. 급소를 맞은 사람들처럼 아연실색하며 한동안 웃음이 풍선처럼 방안을 맴돌았다. 그녀는 기악을 전공한 싱글이었다. 유학생활과 이리저리 흘러간 시간들로 어느새 혼기를 넘겨 마흔을 넘긴 나이가 되었다고 했다. 기악을 전공한 여성답게 마음이 열려있었다. 그리고 나 역시 예술학을 전공한 공통점으로 대화가 잘 이어져가게 되었다. 서로의 술잔을 주고받으며 금방 친숙해져 가고 있었다. 독일의 유학생활에서 경험한 갖가지 이야기로 둘만의 대화가 무르익어 갈 때 옆에 있던 권 프로가 말을 자르며 들어왔다.

"아, 분위기 죽이네! 예술 못한 사람 설버서 살겠나? 그만하고 이쪽으로 건너오소!"

그러자 좌중에서도 기다렸다는 듯 일시에 조롱 섞인 한마디들이 파편처럼 날아왔다. 공감대를 이루는 시점은 반드시 기회가 있기 마련이다.

어느 순간 대화의 파장이 확장되면서 일시에 합일점을 이루었다. 좌중에서 이런 저런 얘기들을 나눌 무렵 참치회집 주방장으로부터 특별서비스 요리가 들어왔다. 참치 대가리 부분을 즉석회를 뜨며 회의 특별한 성분들을 자세하게 설명까지 곁들였다. 그리고 참치 대가리에서 가슴으로 연결되는 근육 '가마도로'는 마리당 얼마 나오지 않는 최고급 부위라고 했다. 참치 '타다끼 셀러드'는 겉 표면에 살짝 열을 가해 풍미가 일품이었다. 식감이 좋아서 영아 씨는 그 요리를 즐겨먹었다. 가끔 나에게도 샐러드를 권했다. 그녀는 시향에서 첼로파트를 맡고 있다고 했다. 그리고 연주회 티켓을 보내주겠다며 시향에서 하는 정기 연주회에 초대하겠다고 했다. 한 가지 악기를 다루면 자연히 몇 개의 악기를 연주하게 된다고 했다. 그녀가 연주하는 악기는 기본적인 피아노 연주와 휴대하기 편리한 자그마한 오카리나 우쿠렐레 등 조금씩 여러 개의 악기를 다룰 줄 안다고 했다. 나에게 그녀가 악기 뭐 다룰 줄 아느냐고 물었다. 나는 고등학교 때 조금 치다만 피아노 체르니 30까지 치다가 대학 입시준비로 그만뒀다고 했다. 그녀는 체르니 순서를 얘기하며 100-30-40-50의 연주법을 재미있게 얘기하였다. 체르니 50의 난이도를 손가락으로 흉낼 내면서 얘기했다. 어깨에 힘을 빼고 팔을 편한 자세로 해서 필요한 힘만 손끝에 전달되도록 해야 피아노의 연주 소리가 아름답다고 했다. 나는 그녀가 전공한 첼로에 대해서 다시 물어보았다.

“왜, 하필 첼로를 배우게 되었습니까?”

그녀는 가지런한 치아를 드러내며 나를 바라보며 웃었다.

“왜, 뭐 잘못됐나요? 호호.”

나는 얼른 말을 돌렸다. 비디오아티스트 백남준에 대해 말꼬리를 돌렸다. ‘움직이는 전자회화’에 대해서 아는 대로 주절주절 이야기를 늘어놓았다. 대표적 퍼포먼스 작품으로 1971년 11월 24일 뉴욕에서 공연된 작품. TV를 마치 첼로처럼 쌓아놓고 활로 연주하는 듯한 퍼포먼스. 인간이 악기와 교류할 수 있다는 것을 보여주는 TV첼로. 자신의 몸을 악기로 만들어 샤롯 무어만이 연주하도록 유도하여 섹스를 표현 하려 한 작품 등 그녀와의 대화는 매우 진지하고 서로의 예술세계를 공감하게 되었다. 그녀는 내게 말했다.

“첼로를 배우게 된 저의 히스토리는 다음 기회에 들려 드릴게요.”

누군가 노래방 2차를 외쳤다. 주점이 밀집된 지역이라 노래방들 역시 즐비하게 몰을 형성했다.

누군가 노래방 대신 커피숍을 주문했다. 늦은 밤 커피숍에서 각자의 대화 파트너와 자리를 함께 하며 서로의 에프터를 다졌다. 유유상종이라는 말이 무색할 정도로 서로가 잘 화합을 이루었다. 가까이에서 보낸 시간만큼 친숙함은 쌓여가기 시작했다. 이성들의 모임은 언제나 짝을 이루게 되는 자연의 법칙이 존재한다. 짝을 이룬 남녀는 서로를 알게 되고 그것으로 우연이 필연을 수반한 만남이 지속되기도 한다. 사회적 모임이 동호회라는 명칭으로 만남을 이루듯 만남은 기다림의 로또와 같다. 나는 가끔 로또복권의 대박을 꿈꿀 때가 있었다. 돈이란 안 먹어도 배부른 포만감처럼 언제 어디서나 당당한 자신감으로 채워진다.

지인 중에 부자소리를 듣는 경제를 평정한 '제국의 아들' 엄 사장이라는 사람이 있다. 그는 늘 반짝이는 고급승용차를 타고 다니며 머리엔 윤기가 흐르고, 럭셔리한 양복이 빛이 났다. 대화는 늘 다른 사람의 말을 듣는 편에 속한다. 어쩌다 엄 사장과 만나게 되는 날이면 그는 맛집을 데려간다. 어디에서 맛집의 정보를 입수하는지 골목 구석구석을 훤히 꿰고 있었다. 그것도 음식 값이 저렴하고 양은 푸짐하며 맛은 일품이었다. 그는 앞선 정보로 부자의 반열에 오르게 되었는지도 모른다. 부자들의 의식구조를 살펴보니 그들의 돈 씀씀이는 정확하게 계획되어있었다. 특히 돈의 출처와 흐름을 정확하게 관리하고 있었다. 자신을 관리하는 탁월한 능력이 생활화되어있었다. 절제하는 모습에서 가정과 사회의 윤리를 배분하는 철학이 눈에 보였다. 악착스런 근성으로 남들보다 한발 앞서가는 의식구조에서 가끔 나를 비교해 보곤 했다. 어느 날 농담 삼아 좋은 술집을 안내하라고 했다. 그는 술집의 이름을 몇몇 거론하며 특징과 의미를 부여했다. 술을 먹는 것은 반드시 철학이 수반되어야 한다는 그의 말이 이어졌다. "밥은 누구나 함께 할 수 있어도 술은 누구나 함께 할 수 없다"는 철학을 얘기했다.

술자리는 이미 자신을 내려놓아야 하는 격의 없는 자리이기 때문에 매우 의미가 있다는 말을 강조했다. 그리고 그 자리는 상대를 가장 빨리 알아볼 수 있는 장소라고 했다. 그것이 술의 철학이라는 것이다. 그러면서 나에게 물었다.

"강 선생! 주량이 얼마나 돼요?"

나는 웃으며 대답했다.

"술! 주량은 그때, 그때 다릅니다. 누구와 마시느냐에 따라서."

그러자 그는 이어서 이렇게 답했다.

"흐흐, 주법을 내가 알려드릴 테니 첫잔은 3번을 나눠 마셔라! 빈속에서 급하게 마시지마라! 물을 자주 마셔라!"

그리고 이어지는 그의 주법은

"상대의 눈을 바라보며 대화를 하라! 그러면 술의 도를 알게 될 것입니다. 마약은 중독이 됩니다. 중독은 몸을 상하게 하고 몸이 상하면, 마음도 상하고 결국 자신을 잃게 됩니다."

엄 사장은 마치 도인처럼 나에게 말을 건넸다. 그러면서 그는 잠시 무언가를 회상하는 듯 나에게 말을 건넸다.

"강 선생! 옛날에 내가 잘 나가던 시절에 얘길 할게요."

그는 나를 쳐다보며 말을 이어갔다.

"내가 술집을 출입할 당시 10여 년 전인데, 술을 먹기만 하면 귀가시간이 요쿠르트 배달아줌마와 같은 시간이었지. 흐흐."

엄 사장은 눈에서 빛이 났다. 그리고 다음 말을 이었다.

"그러길 여러 번 반복될 때 우연히 새벽길에서 폐지 줍는 노인을 보게 되었지."

그 후 그는 결심을 하고 술을 끊게 되었다고 했다. 그리고 경제에 대한 철학서를 닥치는 대로 읽으며 생각보다 행동을 우선하게 되었다고 했다.

IMF 시절 사업에 어려움을 겪기도 했었다. 그러나 엄 사장의 탁월한 사업수완으로 회사는 글로벌화 되었다. 철저한 제품생산 관리시스템으로 한 치의 클레임도 용납하지 않았다. 신뢰의 철학이 큰 바탕이 되어 엄 사장은 사회단체에서도 리더의 자리엔 항상 1순위였다.

*　　　　　　　*

아무리 맛있는 음식을 먹어도 허전할 때가 있다.

무료함이 구름처럼 흘러가는 아침, 목적지도 없이 무조건 차를 몰고 동대구역으로 향했다.

역 부근 골목 적당한 곳에 차를 정차하고 동대구역 매표창구로 갔다. 줄지어 늘어선 매표소 앞에서 기차 노선표를 살펴보았다. 마땅히 갈 곳을 정하기가 쉽지 않았다. 생각도 할겸 구내 커피숍에서 원두커피를 사서 대합실 의자에 앉아 커필 마시며 휴대폰 문자 정보를 검색했다.

이리저리 뒤적이다 문학 초청 강연스케줄이 눈에 들어왔다. 대전 청남대학교 청심 화 강당에서 [인문학포럼]이 있는 날이었다. 장철남 시인의 '시의 습작'에 대한 내용이었다. 강연 시간이 오후 2시에서 4시까지였다. 대전역 도착 KTX 기차표를 발권했다. 30여분 남은 시간을 때울 겸 간이매점에서 조간신문을 샀다. 플랫폼 벤치에 앉아 신문을 들추는 사이 기차가 플랫폼으로 들어오고 있었다. 지정좌석에는 스님과 아가씨로 보이는 두 사람이 나란히 앉아 다정히 애길 나누고 있었다. 내가 표를 확인하는 체 좌석번호 살피니 스님이 자리를 내주려고 일어섰다. 그러더니 본인의 좌석에는 임산부가 있어서 양보를 했다며 20여 분 후에 김천 구미역에서 내린다고 했다. 나는 얼른 자릴 양보하고, 기차 승하차 통로 보조석에 앉아 신문을 펼쳤다. 조금 후 기차는 김천 구미역에 정차했다. 내 지정좌석으로 가니 두 사람 모두 보이질 않았다. 빈 옆 좌석에 숄더백을 놓고 미니 테이블 위엔 아메리카노 커필 놓고 차창 풍경을 바라보며 생각에 잠겼다. 인기척에 얼굴을 돌렸다. 통로 쪽 좌석 옆엔 앞서 타고 온 아가씨가 미소를 지으며 자리에 앉겠다는 제스처를 보냈다. 얼른 숄더백을 챙겨 무릎에 올려놓았다. 어색한 잠깐의 순간이 길게 느껴졌다.

한참 동안 침묵의 시간이 흘렀을 때 아가씨가 말을 걸어왔다.

"저 선생님, 어디까지 가세요?"

"아, 네 저어, 저는 대전역에서 내립니다만, 어디까지 가시는지?"

"호호, 저도 대전역에서 내리는데…."

"아, 그렇습니까? 허허."

"전 오늘 오후 2시에 문학포럼 초청강연이 있어 거기 가는 중입니다."

아가씨는 무언가를 생각했는지 한참 동안 침묵하다, 천천히 입을 열었다.

"호호호, 장철남 시인의 '시의 습작' 강연 들으러 가시는 거죠?"

"아니, 그럼 저와 동행하시는 겁니까?"

"호호호, 그렇게 된 것 같은데요."

갸름한 얼굴 언밸런스 단발머리에 주홍색 원피스 차림을 한 귀여움이 돋보이는 매력에 금방 친숙해져 왔다.

기차는 대전역 플랫폼에 멈춰 서고 있었다. 우린 오랜 지인처럼 나란히 플랫폼을 걸어 나와 대전역 대합실에 들어 왔다. 강연시간은 지하철 타고 내리는 시간을 계산해도 1시간 이상 넉넉하게 남았다. 아무래도 점심을 때워야 하는 시간이라 대합실 구내식당을 물색하며 아가씨에게 의중을 떠 보았다. 본인도 쾌히 공감하며 그러자고 했다. 양분식집, 콩나물 해장국집 등 몇몇 군데 구내식당 간판이 보였다.

"어디가 좋을까요?"

"네, 선생님 저는 아무거나 괜찮은데요."

"아, 그러면 분식집에 갈까요?"

"네, 선생님! 거기로 가요."

분식집 메뉴엔 김밥, 라면, 우동, 잔치국수 등 이것저것 저렴하고 다양한 선택의 폭이 있었다.

"뭐, 드실까요?"

"선생님, 저는 김밥 먹을래요."

나는 라면을 시켰고, 돈을 지불하려고 일어서는 찰나! 아가씨는 재빠르게 지갑에서 돈을 꺼내 계산대로 향했다. 그리고 내 라면 값까지 계산을 하는 중이었다.

"어, 아니 아가씨 제가 계산을 해야지요."

"호호, 선생님 작은 것은 제가 쏠게요."

"허허, 그러시면 다음 차례는 제가 확실히 쏘. 겠. 습. 다!"

잠깐의 시간 번호표를 부르며 김밥과 라면이 나왔다. 서로 마주 앉아 시킨 음식을 먹었다. 남은 시간을 체크하며 지하철 매표소로 향했다. 대전역 광장에는 여행객들로 붐볐다. 한쪽에는 불경소리와 함께 목탁을 두드리는 탁발승이 보였다. 반대편엔 교회 성도들이 나와 하늘색 파라솔 아래에서 지나는 행인들에게 커피와 차를 나눠 주고 있었다. 나란히 걷던 아가씨가 핸드백을 뒤지며 목탁소리 울리는 곳으로 황급히 발걸음을 옮겨 시주함에 지폐를 넣고 종종 걸음으로 돌아오고 있었다. 나는 장난기가 발동하여 아가씨에게 이렇게 말했다.

"허허, 아가씨! 성불하시겠어요?"

잠시 후 그녀의 대답이 들려왔다.

"호호, 선생님은 종교가 있으세요?"

"아, 저 말입니까?"

"네, 선생님!"

"허허, 아가씨! 제가 종교인처럼 보이나요?"

"아니신가요?"

나는 말없이 지하철 에스컬레이터에 발을 옮겨 놓았다.

그녀는 지하철 매표소 앞에서 발권을 하고 개찰구를 나와 지하층 플랫폼으로 나란히 걸었다. 잠시 후 청남대행 지하철이 플랫폼으로 들어오고 있었다. 우린 지하철에 올라 함께 나란히 서서 손잡이를 잡았다. 지하철은 승객들로 붐볐다. 우린 한동안 침묵하고 있었다. 만원 승객들이 포진해 있는 지하철 내에서 딱히 할 말이 없었다. 잠시 어색한 분위기에 지하철 창 벽 주위에 붙어 있는 광고물에 눈을 돌렸다. 다양한 광고들이 시선을 끌었다. 어느 성형외과에선 아가씨들의 얼굴 성형 전, 후 사진을 비교 전시해 놓았다. 과장된 '포샵'인지 몰라도 사각형 얼굴이 갸름한 미모의 탤런트 같은 모습으로 변모되어 있었다. 그녀도 그 모습의 광고를 보는지 힐끗 나를 쳐다보았다. 아름다운 미소를 흘리며 아가씨는 무언가 낮은 소리로 지나가는 말을 했다. 나는 그 말이 분명치 않아 그냥 실없이 웃는 시늉을 했다. 청남대까지는 아직 20여 분 남아 있었다. 몇몇 역을 지나자 승객들이 하나 둘, 빈자리를 만들었다. 마침 우리가 서 있는 앞자리가 둘이 앉을 수 있는 공간으로 비워져 있었다. 자리에 나란히 앉아 한숨 돌리며 아가씨의 얼굴을 슬쩍 쳐다보았다. 참 이상한 시간의 변화였다. 생면부지로 만난 우린 어느새 마음의 벽이 허물어져 가고 있었다. 그녀도 비슷한 생각인 듯 매우 편안한 느낌으로 오랜 지기 동호인처럼 변모해 가고 있었다. 지하철은 청남대 역에서 우릴 내려놓았다. 대학의 상징물처럼 교문 앞 아치형 구조물이 초등학교 운동회의 개선문처럼 느껴졌다. 청남대학교 청심 화 강당까지는 꽤 먼 거리였기 때문에 택시를 타기도 어중간한 상황에서 우린 나란히 교정 가로수 길을 걸어갔다. 가을의 정취는 갖가지 수목들의 잎으로 아름답게 물들고 있었다. 누가 먼저라 할 것 없이 서로의 휴대폰 카메라에 가을 정취를 담아내고 있었다. 가을 하늘은 오늘 이 기분처럼 참 청명하였다. 내속엔 알 수 없는 뭔가가 새들의 비행처럼 높이높이 하늘을 날고 있었다.

그녀도 내심 기분 좋은 표정이 역력했다. 대전역 앞 광장에서 아가씨가 나에게 물어왔던 종교에 대하여 다시 의구심이 발동했다.

"아까 저에게 종교에 대해서 물어보셨는데, 그 이야기 이어 볼까요?"

그녀는 매우 궁금한 눈빛으로 나에게 응수 해 왔다.

"호호, 선생님! 계속 말씀해 보시죠."

"사실 저, 성당에 다닙니다."

나는 그녀의 표정을 살폈다.

그녀는 잠시 말을 하려다 다른 곳으로 시선을 유도했다.

"아, 선생님! 은행잎이 참 곱네요."

그녀가 가리키는 교정 가로수들은 가을의 정취를 한껏 뽐내고 있었다. 유난히 파란 가을하늘이 신세계에 온 느낌이었다. 조금 앞서 걷던 그녀는 내 옆으로 가까이 다가와 말을 건넸다.

"선생님! 사시는 곳이 대구이신가요?"

"아, 네 그렇습니다."

나는 이참에 아가씨에 대한 몇 가지 궁금한 것을 해결하고 싶었다.

"저는 대구에 사는 '강철민' 입니다. 크게 실례가 안 된다면 아가씨 이름이라도."

"호호, 제 이름은 송화. '채송화' 예요."

"와아, 예쁜 이름이네요."

그녀는 약간 상기된 낯빛으로 말을 이었다.

"지금 사는 곳은 울산인데, 며칠 후 대구로 이사 할 예정이에요."

"아, 그러세요! 그것 참 반가운 일인데요."

"호호, 선생님! 그런데 우리 이상하지 않아요?"

"허허, 신께서 우리에게 베풀어주신 특별한 인연!"

그녀는 점점 톤을 높여 말을 이었다.

"선생님, 오늘 강연 끝나면 바로 대구로 가실건가요?"

"아, 네. 특별한 스케줄은 없습니다. 송화 씨는 울산으로 가실

건가요?"

"선생님과 동행해도 되겠네요. 오늘 대구 언니 집에 들릴 계획이었는데."

어느새 우린 청심 화 강당 입구까지 발걸음이 닿았다. 입구엔 문학동아리 학생들이 방문객 안내를 하고 있었다. 강당에는 벌써 강연을 들으러 온 사람들로 북적이고 있었다. 우린 안내 데스크 쪽에 놓인 강연될 자료를 챙겨 강당 안으로 들어갔다. 다행히 맨 앞쪽 자리 몇 개가 비어있었다. 통로가 있는 쪽으로 자리를 잡아 그녀와 나란한 일체형 테이블시트에 앉아서 강연을 기다렸다. 그녀가 빠른 걸음으로 통로를 나가더니 잠시 후 양손에 티백 차와 믹스커피를 들고 왔다.

"선생님! 뭐 드실래요?"

나는 믹스커피를 받았다. 강당 안은 청객들로 좌석을 빼곡히 채웠다. 사회자의 안내 멘트가 나오고 오늘의 초청 강연이 시작되었다. 휴대폰 진동 확인을 위해 폰 체크를 했다. 몇 개의 카톡 메시지가 떴다.

– 어딘데? 오늘 저녁 모해?

지향의 카톡 문자였다. 나는 옆에 앉은 송화를 슬쩍 쳐다보았다. 강연 청취에 몰입해 있었다.

나는 어떤 생각에 끌려가고 있었다. 시간과 돈을 투자한 오늘의 특강시간을 허비하고 있었다.

지향에게 카톡 댓글을 올렸다. 꽤 오랜만에 연락이 왔다. 그녀는 다양한 모임 때문에 요즘은 만나기가 힘들었다.

– ㅋ 오랜만! 웬일이야, 문자까지 주시고.

– ㅎㅎ 쌤 보고시포서~~

– 이따 전화할게, 기다려.

나는 강연시간이라 댓글을 계속할 수가 없었다. 참 이상한 일이다. 뭔가 끌리는 여자? 그냥 스치는 여자? 가끔 친구처럼 만나는 여자?가 있다. 그중 지향은 알 수 없는 묘한 끌림을 가진 여자다. 아무리 만나는 여자가 많아도 내 맘을 흔드는 여자는 따로 있었다. 먹고 싶은 절대적인 음식이 식성을 사로잡는 것처럼. 지향은 만나면 만날수록 마음을 중독시키는 묘한 마성이 있다. '패티시즘'의 독특한 성향! 그것은 어쩔 수 없는 본능이다. 그녀는 타고난 외모와 처음 만나는 사람이라도 금방 친숙해 질 수 있는 쿨한 성격. 상스럽지 않은 거침없는 성적 표현!

날씬한 몸매와 잘 발달된 예쁘게 돌출된 만지고 싶은 이마. 치약 광고에서 볼 수 있는 눈부신 가지런한 하얀 치아. 잡으면 손안에 들어오는 가늘고 적당히 긴 보드라운 손. 지향은 처음 볼 때처럼 언제나 그때 그 모습이 은은한 향수와도 같았다. 이런 입체적 모습들이 개성 있는 그녀만의 트레이드마크이다. 마약에 취한 듯 헤어날 수 없는 그녀의 환각제 같은 몽롱함. 잊으려 시도해보다가도 쉽게 지울 수 없는 옷에 묻은 얼룩 같은 그녀의 각인. 문학 강연시간 절반은 그녀의 허상이 앞을 가렸다. 문득 오늘 밤 그녀를 꼭 만나야겠다는 마음속 깊은 곳의 활화산들이 꿈틀거리고 있었다. 나는 지향에게 카톡 문자를 넣었다.

- 오늘 저녁 7시 솟대마을로 오실 것!!

그녀의 카톡 댓글이 약속처럼 도착했다.

- ㅎㅎ, 그러세요!! 쌤, 쫌다봐용.

나는 마음이 급해지기 시작했다. 오늘따라 그녀가 매우 그리웠다. 만나면 뭔가 할 이야기들이 직선처럼 꽂힐 것 같은 불같은 자신감! 언제 만나도 처음처럼 설레는 그녀의 우아한 스타일리쉬! 종잡을 수 없는 조바심에 내 눈이 시계를 관통할 것만 같았다. 강연은 마지막 하이라이트를 끝으로 종료시간을 알렸다. 송화 씨가 나에게 물었다.

"선생님! 뭐 급한 약속 있으세요?"

그녀는 내가 하는 행동을 은밀히 체크한 눈치인 것 같았다.

"선생님! 강연 시간에 카톡 열심히 하시는 것 같아서요."

"아, 네 오늘 저녁 7시에 지인이 소주 한잔하자고 해서."

그녀는 웃으며 말했다.

"선생님! 오늘 저녁 좋으시겠네요!"

송화 씨와는 서로 전화번호를 교환하고 강연장을 나왔다.

*　　　　*

사람의 욕망은 부풀어 오르는 풍선처럼 채움과 비움의 보이지 않는 허공 같다. 만나면 만날수록 기분이 좋아지는 사람. 보면 볼수록 더 보고 싶어지는 사람. 그런 사람을 만나기 위해 마음이 공허한 사람들은 정글의 하이애나가 되어 서성거린다. 그녀를 만나기로 한 장소가 가까워질수록 어린아이처럼 가슴이 설레어 왔다. 무엇이 이토록 가슴 뛰게 하는가? 보이지 않는 허공 같은 실체? 그 허공에 무수히 많은 욕망의 돌을 던져왔다. 그녀와 만나기로 약속한 솟대마을까지는 내 차로 20여 분 남았다. 카스트레오에서 음악이 흘러나왔다. 나나무스꾸리의 '사랑의 기쁨'이 차창 밖 가을 풍경과 멋진 하모니를 이루었다. 휴대전화에서 진동음이 울렸다.

지향에게서 걸려온 전화였다.

"여보세요! 나 지금 솟대마을 주차장에서 기다리고 있어요."

그녀의 음성이 수화기를 간지럽혔다.

"아, 일찍 도착했네. 나도 금방 도착할 것 같은데."

"그럼 내가 먼저 들어가서 앉아 있을게요."

내가 주점 안으로 막 들어서는데 창가 쪽에서 화이트 계열에 옷을 입은 그녀가 밝은 미소를 지으며 손짓하였다. 밤은 점점 홑이불처럼 우릴 포근히 감싸 안고 있었다. 소주잔에 이슬 같은 하얀 액체가 우리의 기분을 한껏 채워주었다. 무슨 말을 해도 이 순간만큼은 강물처럼 모든 걸 포용하고도 남을 설렘이 출렁거렸다. 한잔의 술은 악마의 그물처럼 점점 두 사람의 거리를 좁혀오고 있었다. 그녀의 얼굴이 실내등 불빛 아래 볼터치한 것처럼 발그래 섹시하게 보였다. 그녀가 소주잔을 비우며 말했다.

"쌤, 우리 떠나보지 않을래요? 이렇게 멋진 가을에 그냥 있긴 넘 아쉬울 것 같은데."

"아, 떠난다. 어디가 좋을까? 생각해 놓은데 있어?"

그녀 특유의 웃음소리가 나를 더욱 들뜨게 만들었다. 내가 그녀에게 빈 소주잔을 내 밀며 말했다.

"낭만의 가을 여행이라……. 어디가 좋을까?"

"아니, 여보세요! 낭만자객께서 까무러칠 만한 곳을 추천하셔야지."

"알았어! 확실하게 까무러칠 무덤을 파놓겠어!"

그녀가 당부하듯 나에게 한 마디 했다.

"서부전선엔 이상 없는 거지? 딴 소리 없기!"

들뜬 그녀의 목소리에서 뭔가 작정한 당당함이 어떤 법안처럼 들렸다. 나는 모든 걸 감수할 자신감이 남성의 힘처럼 불끈 솟아올랐다.

"좋아! 어디 한번 낭만자객의 빛나는 검술을 지켜보겠어!"

그녀의 목소리는 나의 마음을 흔들고 있었다. 밖엔 가을비가 내리고 있었다. 차츰 굵어지는 빗줄기에 그녀는 세워 놓은 차 트렁크에서 우산을 들고 왔다. 빗소리 들리는 우산 아래 우린 서로의 몸을 감싸 안고, 주점을 나와 네온 반짝이는 노래방으로 발길을 옮겼다.

노래방의 분위기는 여럿의 시끌벅적한 장터를 연상해야 흥이 난다. 달랑 두 사람이 큼지막한 룸에 들어오니 왠지 썰렁하고 어색함이 느껴졌다. 그녀는 아랑곳하지 않고 노래방기기에 레퍼토리를 입력시켰다. 빠른 리듬의 전주가 울려나오며 어둔 조명 아래 그녀의 율동이 나의 몸을 움직이게 했다. 구속되었던 죄수가 석방되어 푸른 하늘을 쳐다보며 억눌린 감정을 몸속에서 토해 내듯 자신도 모르게 동물적 괴성이 흘러 나왔다. 주고받은 노래들이 적립된 시간만큼 소멸될 시간 우리는 룸 시트에 앉아 서로의 얼굴을 쳐다보며 자석에 끌리듯 손을 잡았다.

환경에 따라 달라지는 카멜레온처럼 동물들의 습성은 본능의 작용을 거부할 수 없다. 얼굴이 은폐된 곳은 쌓여있는 본성이 색깔을 드러낸다. 어둔 밤, 어둔 방, 우린 서로의 몸을 다독거려 주었다. 부드럽게 때론 거칠게 서로의 손이 제 역할을 충실하게 실행으로 옮기기 시작했다. 약간의 알콜은 사람을 매우 솔직하게 만드는 해결사가 된다. 그녀가 달콤한 향기를 풍기며 입술을 가까이 했다. 강한 쪽으로 끌려가는 자석처럼 분리된 물체는 한 덩어릴 이루었다. 손이 움직이는 대로 몸은 착한 시녀가 되어 가고 있었다. 마성의 유혹. 어떤 힘의 강력한 이끌림. 도저히 침묵할 수 없는 강직한 본능. 경쾌한 리듬이 폭포처럼 흘러나와야 할 노래방. 갑작스런 정적이 정전으로 변한 방. 누군가 두드리는 노크소리에 잠에서 깨어난 몸의 움직임처럼 몽롱한 눈빛으로 소리의 방향을 살폈다. 이미 적립된 금액만큼의 시간이 소멸되었기에 노래방 주인은 고요한 룸의 상황을 기다리다 의무 수행 차 조심스런 발걸음을 한 것이었다. 우린 약속이라도 한 것처럼 동시에 "죄송합니다!"를 외쳤다. 이 상황을 눈치 챈 주인은 센스를 발휘했다.

"손님! 서비스 시간 넣어 드릴게요. 잠시 기다려 주세요!"

침묵했던 노래방 기기가 활성화 되었다. 폭풍이 지나간 자리를 수습하며 그녀가 입을 열었다

"쌤, 우리 사업 한번 해볼까? 아주 멋진 사업!"

그녀는 회심의 미소를 지으며 나의 얼굴을 아이의 얼굴 만지듯 부드럽게 어루만졌다.

"멋진 사업! 프로젝트는 있어."

그녀는 나의 귀에 그녀의 달콤한 입술을 대고 속삭이듯 말했다.
"바다 건너 따뜻한 나라! 아름다운 바닷가! 그림 같은 집!"
나는 그녀가 제시한 프로젝트의 의도를 감지하였다.
"후후, 아름다운 '씨 하우스'라!"
그녀의 유쾌한 웃음소리가 노래방 사각의 벽에 부딪혀 돌아 나왔다.
"하하하, 쌤, 감 잡았구나! 프로젝트 어때?"
그녀는 내 손을 잡으며 은밀한 어조로 말을 이었다.
"그쪽에 괜찮은 부지를 물색 중인데, 쌤은 서류상 동업자!"
우린 구체적 프로젝트를 수행하기 위해 제주도로 가을 여행을 확정했다.
사랑은 삶의 과정이다. 탄생은 잎이고, 젊음은 줄기이며, 나이 듦은 열매이다. 그녀와의 만남은 새로운 활력소가 되었다. 생각만 해도 허기를 달래는 기분 좋은 포만감을 느꼈다.
그녀가 제안한 프로젝트를 생각했다. 가끔 대리운전 회사에서 보내준 로또복권 추첨기간 동안의 설렘의 포만감. 거부의 꿈도 찬란한 명예도 박식한 지식도 마음의 힐링이 없으면 쓸모없는 컴퓨터가 된다.

친구 철희에게 카톡 문자를 띄웠다.
– 별일 없으신가?

세상을 하나로 묶어 놓은 모바일 선각자들의 사이버 공간에서 거짓말처럼 친구의 문자가 도착했다.

- 어, 친구 오랜만이네. 뭐, 좋은 일 있으신가?
- 가을 여행 어때?
- ㅋ 여행! 좋지!! 어디 좋은 스케줄 있는가?
- 친구! 제주도 여행 어때?
- 그거 좋은 생각인데, 언제쯤?
- 이 가을 끝나기 전에 그녀들과 함께 ㅋㅋ
- 그녀들이라? 좋지! 무조건 콜!!~~~
- 스케줄 잡히는 대로 연락할게.
- 오케이!

나는 그녀가 제안한 씨 하우스 프로젝트를 친구 철희와 상의할 계획이었다. 지난 휴가철 친구와 함께 남도여행 2박3일을 술로 보내던 밤이 생각났다. 그때 친구 철희가 볼멘소릴 했다.

"어이, 친구! 이거 너무 한 거 아닌가? 술 한잔 따라 줄 여친 하나 없으니."

그는 다음 해에는 꼭 분위기 쇄신을 하리라며 책임제 할당을 약속했었다. 그녀의 프로젝트와 철희와의 가을 여행을 환상적으로 접목해 보고 싶었다. 나는 휴대폰 번호부 목록을 체크했다.

휴대폰 목록에는 알 수 없는 여성들의 이름들이 언제 어느 곳에서 입력했는지 도무지 기억이 나지 않았다. 전화번호를 입력할 당시의 상황도 전혀 기억나지 않았다. 그러나 그것은 큰 문제가 되지 않는다. 지금 내가 꼭 만나야 할 그녀만이 필요하기 때문이다. 그렇다 그녀가 나의 초대에 기꺼이 응할 것이냐는 매우 흥미 있는 게임이다. 나는 기억나지 않는 여성들의 이름을 전화목록에서 지워나가기 시작했다. 이 작업은 나를 가장 편하게 할 최초이자 최후의 신상청소 작업이 되는 것이다. 손닿지 않는 곳에 먼지 쌓이듯 삶의 낀 불필요한 것들의 대하여. 친구 철희와 멋진 제주도 여행에 동참할 그녀들의 시크릿 리스트! 어쩌면 최상의 파티가 될 환상의 조합과 완전범죄의 완벽한 시나리오를 계획했다. 어느 연애심리학자의 여자들의 진실 베스트에서 이런 것이 있다.

1. 열 명의 남자들에게서 배반당했다 할지라도 열한 명째의 남자를 또 사랑한다.
2. 첫 눈빛만으로도 사랑에 빠질 수 있다.
3. 무드에 약해 찬스를 잡으면 키스에 성공할 수 있다.
4. 옷을 벗으면 부끄러운 마음도 없어진다.
5. 상대가 계산적이고 꼼꼼하면 금방 질려 버린다.
6. "나를 믿지? 자기와 함께 있고 싶어." 하면 무조건 믿는다.

연애심리학자의 여성들의 연애관처럼 아슬아슬한 '밀당'의 은밀한 거래. 나는 씨 하우스 프로젝트의 사전 답사여행 스케줄을 은밀하게 진행시켰다. 전화번호부에 선택된 여친들에게 카톡으로 안부 문자를 날렸다. 그리고 사전 미팅 계획을 세웠다. 철희와 나 그리고 지향 외에 한 명의 그녀를 선택하여 무탈하게 합류하는 작전. 한 명의 그녀를 무사히 동참시키는 완벽한 작전을 궁리했다. 동일한 상황의 성공 확률 자료를 수집하여 참고했다. 일단 부득이한 불참을 막기 위해 두 배수의 그녀들을 섭외했다. 그중 첫 번째 동행할 수 있는 유력한 그녀는 대학 후배 '인애'. 인애의 부득이한 불참에 대비한 예비 후보를 선택하는 것에 고민했다. 그 많던 여친들의 명단이 무작위 삭제된 탓에 막상 무난한 '여친'을 선택하기란 쉽지 않았다.

그렇다고 무작정 무례한 섭외를 한다는 건 여러모로 내키지 않은 일이었다. 우선 단 한 명의 완벽한 동참을 위해 후배 인애에게 오랜만에 안부 문자를 보냈다.

- 오랜만에 인사드리네.. 그간 안녕하신가?

안부 문자 내용을 고쳐 써 보다가 아무래도 인사 안부는 자연스럽고 부담이 없어야 할 것 같았다. 인애는 오래전 재혼 문제를 나에게 상의해 왔었다.

그때 나는 쿨한 답변을 하지 않았기 때문에 인애와는 서먹한 분위기에서 한동안 연락이 두절 되었다. 그런 그녀에게 생뚱맞게 안부 문자를 하면서도 매우 조심스럽고 자존심도 한몫 했다. 사이버 공간의 속도는 빛처럼 빠른 특성이 있다. 특별한 상황이 없는 한 지구촌 거리를 초월하여 즉시 전송되고, 즉시 댓글이 가능하다. 그런데 인애에게는 휴대폰 문자의 댓글이 없었다. 그녀를 마지막 만난 것 또한 꽤 오랜 기간이 되었다. 혹시 좋은 사람 만나 재혼의 또 다른 행복감에 젖어 있을 수도 있었다. 그렇다면 휴대폰 문자가 뜬금없는 무례함이 될 수도 있다. 나는 인애가 바쁜 일이 있어 부득이한 상황이 생겼으리라 한편 생각해 보기로 했다.

다른 대안으로 친구 철희에게 문자를 보냈다.

- 친구야! 절친 후배 인애가 묵묵부답인데 뭐, 좋은 대안 없을까?

친구 철희의 문자가 옆에 있는 것처럼 도착했다.

- 허허 친구야! 너무 신경 쓰지 말게. 안되면 내가 물색할 테니.

- 그것도 좋은 생각이네! 어떻던 아모르파티가 되길!

어느 덧 가을도 단풍의 절정이 지나고 있었다. 거리엔 가로수 노란은행잎이 눈처럼 쌓여만 갔다.

나는 씨 하우스 프로젝트 답사여행의 구체적 스케줄을 여러 날 고민하여 완성단계에 이르렀다. 답사 날짜와 체류 일정 은밀한 알리바이 그리고 아모르파티 동행자 참석 확정 등. 다행히 궁금했던 인애에게서도 문자 메시지가 반갑게 도착했다. 인애는 그동안 몸이 좀 불편하여 장기간 병원에 입원치료를 받았다고 했다. 자세한 내용은 만나서 얘기하자고 제안해 왔다. 인애와 모처럼의 재회는 그녀가 살고 있는 청도 금천마을이었다. 그녀가 살고 있는 금천마을엔 가을 풍경이 어느 농가에 걸린 달력 같았다.

들녘엔 벼가 익어 황금들판을 이루었다. 계곡에 유유히 흐르는 물, 울긋불긋 수놓은 병풍 같은 산, 잘 꾸며놓은 정원엔 가을 꽃들이 멋진 하모니를 이루었다. 어디서 구입했는지 돌로 만든 조각상들의 장엄한 예술미를 방문객들에게 보는 즐거움을 안겨 주는 듯 했다. 인애는 오랜 병원생활로 몸이 약간 수척해 보였다. 그러나 얼굴모습은 크게 변하지 않은 채 여전히 해맑은 미소는 여전히 매력이 있었다. 그녀는 예전처럼 이층 계단을 올라 단풍 물든 산이 훤히 보이는 통유리로 된 아늑한 방으로 안내했다.

벽에는 전에 보이지 않던 수묵담채화가 걸려있고, 시화전에 걸렸을 법한 시화액자가 새롭게 방안을 장식했다. 전에 보았던 여인들이 보이지 않았다. 인애 집 입구에 들어설 때 여대생으로 보이는 앳된 모습의 아가씨가 해맑은 모습으로 처음 보는 나에게 목례를 했다. 우린 풍광 좋은 이층 방에서 인애가 미리 준비한 차를 나누며 오랜 재회에서 근황 얘기를 주고받았다. 청자색 다기에 담긴 노란 빛깔 어리는 감국차의 향기가 메마른 목젖을 타고 가슴을 적셨다. 공복에 넘기는 첫 잔의 소주보다 더 짜릿한 감정이 신기루 같은 환상 속으로 진입하고 있었다.

인애가 두어 잔의 감국차를 마신 후 나에게 말을 건넸다.

"선배! 오랜만이네? 그동안 물론 좋은 일들이 많았겠지?"

그녀는 눈가에 이슬 같은 눈빛이 슬핏 고였다. 그리고 말을 이었다.

"아니 그런데 사람이 그렇게 무심할 수가 있어! 갑자기 마음 변한 사람처럼."

나는 인애의 눈을 똑바로 쳐다보기가 매우 쑥스럽고 무안한 느낌이 들었다. 그녀는 다시 나에게 돌직구를 던졌다.

"선배! 그동안 나에게 궁금한 것 없었어? 원수 진 사이도 아니고 도대체 어이가 없네. 허물없는 선후배 사이에."

더 이상 나는 침묵할 수가 없었다.

내가 인애에게 조심스럽게 한마디 했다.

"미안하네! 진심으로 용서를 청하네. 넓은 마음으로 혜량해 주시게! 오늘 밤을 새워서라도 서로의 마음을 풀어 보자고."

어느새 금천의 밤은 소리 없이 내렸다. 들어올 때 대학생으로 보이는 아가씨가 방문을 노크했다. 인애는 잠시 들어오라는 말을 했다. 아가씨는 수줍은 웃음을 보이며 인애에게 말했다.

"언니! 저녁은 어떻게 할까요? 밥은 준비가 되었는데."

인애가 일어서서 밖으로 나가며 나에게 말했다.

"선배! 조금만 기다려요. 저녁 준비할게요."

나는 그녀들이 나간 후 남은 감국차를 마시며 온돌방에 몸을 눕혔다. 눈을 감으니 적막한 밤에 약간의 졸음이 왔다. 잠시 눈을 붙인 것 같았다. 문을 두드리는 소리에 눈을 뜨니 인애가 아래로 내려와 저녁을 먹자고 했다. 가을밤 잔디가 깔린 정원 나무 테이블 위에 갖가지 반찬으로 먹음직한 저녁이 차려져 있었다. 인애와 나 그리고 앳된 아가씨와 셋이서 저녁 밥상에 앉았다. 잡곡이 섞인 밥과 구수한 된장국 갖가지 나물반찬이 식욕을 자극했다. 예나 지금이나 인애의 음식 솜씨는 여전했다. 맛있는 음식은 입으로 들어가는 속도가 빨랐다. 밥그릇이 비워지고 이것저것 반찬을 골고루 맛을 보며 그야말로 만찬은 끝이 났다. 역시 구수한 숭늉이 도착하고 가을밤은 깊어갔다. 나는 아가씨가 궁금하여 인애에게 물었다.

"아니, 동생이 있었나?"

인애는 나를 바라보며 말했다.

"으으, 이종사촌 여동생인데 서양학과에 다니고 있어."

"언제부터 여기에 와 있었나?"

"아, 내가 병원에 입원하기 전에 집도 지킬 겸 부탁을 했어."

인애는 덧붙여 나에게 말했다.

“동생 예쁘지? 우리 이모가 절세 미인이시거든 이모부도 미남이시고! 사업가이신데, 중소기업을 성공적으로 운영하셨고, 지금은 아들들이 운영을 대신하고 두 부부는 해외여행을 즐기시며, 멋진 여생을 보내시고 계시지.”

나는 아가씨 이름이 궁금하여 인애에게 물었다.

“여동생 이름은?”

“아, 참 이름을 선배에게 말 안 해줬네. 은미! 정은미!”

“와아! 예쁜 이름이네. 정.은.미.”

“그렇지! 우리 동생 은미 부잣집 딸 같지 않아?”

나는 웃으며 그 말에 답했다.

“허허, 누구 동생이신데. 인애 동생 아닌가?”

그녀는 그동안의 일들을 조용히 얘기했다. 재혼에 관한 이야기와 몸이 아팠던 얘기들을 차분히 나에게 말했다.

"선배! 사는 게 참 우스워. 꼭 꿈에서 악몽을 꿀 때나, 괜히 쫓기는 꿈같은 거 있지.”

그녀는 한 동안 말을 잇지 못하고 허공을 쳐다보며 간간히 얕은 한숨을 내 쉬었다.

12부_가을 여행

가을밤은 점점 무르익어갔다. 인애 동생 은미가 일층 방에서 나와 인사를 했다.

"언니랑 재밌게 말씀 나누세요. 저는 이만 실례할게요."

우린 밤이 이슥토록 인애와 얘길 나눴다. 인애는 재혼이 잘 성사되는 듯 했는데 알면 알수록 상대방 남자는 마마보이 스타일에 주관이 없는 미래를 함께할 사람이 아니라는 것이었다.

부모님의 간곡한 말씀에도 불구하고 본인이 완강히 거절했다고 말했다. 그 후로도 상대편 남자는 불쑥 여길 찾아와 청혼을 호소해 왔다고 했다. 인애는 결국 그 일로 인한 심각한 트라우마가 생겨 식욕도 잃고, 차츰 속병을 앓게 되었다고 했다. 병원에 진단결과 심한 위장장애와 함께 십이지장 궤양이 생겨 위 십이지장 절제 수술을 받아 여러 달 입원하여 회복 중에 있다고 했다. 다행히 이종 사촌 여동생이 대구에서 미술대학을 다녔다. 인애 역시 그림 공부를 취미로 하며, 화실을 만들어 놓았다. 인애 여동생이 작업실로 요긴하게 활용하는 탓에 가끔 미대 다니는 학생들이 함께 와서 어울려 과제물 작업을 한다고 했다. 그 바람에 여러 달, 집을 비워도 안심이 되었다고 했다. 인애는 그 일로 나에게 소식이 두절 되었던 것이다. 나 또한 인애에게 어느 날부터 서먹한 마음에 소식이 끊기게 되었던 것이다. 나는 인애에게 가을 여행을 제안했다.

"인애! 제주도 가을 여행 어때? 지금 몸 상태가 어떨는지?"

그녀는 잠시 후 말을 이었다.

"아, 제주도 가을 여행? 선배와 함께?"

나는 구체적으로 여행스케줄을 얘기했다.

"어, 그런데 일행이 있어! 내 남자 친구와 인애 선배 벌되는 여자 그리고 나."

인애는 다소 어이가 없다는 표정을 지었다. 그리고 직설적으로 한마디 했다.

"그럼 그렇지! 언제 선배가 날 위한 스테이지를 만든 적 있었나?"

인애는 무슨 생각을 했는지 자신 있는 어조로 답을 했다.

"제주도 혼성 단체 가을 여행! 좋아! 그런데 선배 남자친구는 기혼이지?"

나는 인애에게 자세하게 말했다.

"어, 그 친구 기혼이긴 한데, 와이프는 영국에 있고, 일 년에 한두 번 부인과 재회를 하지?"

인애가 말했다.

"아, 그러니까? 기러기 아빠 같은 신세?"

"그 친구 멋과 낭만이 있는 휴머니스트지! 직업은 잘 나가는 중소기업 사장님."

인애는 약간의 흥미와 호기심이 발동한 것 같았다. 나는 넌지시 말했다.

"인애야! 인생 뭐 있냐? 잠깐 왔다가는 인생 소풍 길 아닌가?"

인애는 또 궁금함을 말했다.

"그건 그렇고 또 한 명의 그녀는 선배와 어떤 사이?"

"아, 그녀와 나는 밥줄을 이어가는 동업자 관계지!"

모든 게 물 흐르듯 순조롭게 흘러가고 있었다. 씨 하우스의 성공과 환상의 혼성 조합 제주도 가을 여행! 이제 정확한 날짜만 잡으면 완벽한 시나리오는 개봉박두! 카운터하게 되어있었다.

은밀하고, 치밀하게, 성공 프로젝트에 '화룡점정'만이 남았다. 그래 인생 뭐 있나? 뜻대로 달려 보는 완주의 결승점! 나는 여러 가지 상황을 고려하여 여행 날짜를 잡았다.

지향에게 문자를 보냈다.

– 내일 시간이 어떨지?

그녀에게서 댓글이 왔다.

– 지금 남편과 회사에 있는데 조금 후 연락할게.

지향에게서 문자가 왔다.

– ㅋ 미안! 내일 몇 시쯤? 어디서?

– 어, 점심 식사나 하지 뭐. 지난번 갔던 그 집 어때? 정원 풍경도 좋고.

오전 11시 30분에 만나지. 예약해 놓을게.

– 오케이! 그 집에서 봐.

나는 씨 하우스 답사여행 계획을 문자로 썼다가 삭제했다. 뭔가 순조로운 상황이 전개되고 있었다. 인생이란 어쩌면 잠깐의 착각 속에서 하루를 살아가는지 모른다. 망망한 사막에서 허상의 오아시스를 찾아 헤매는 방랑자들의 지친 발걸음 같은 하루하루의 삶.

*　　　*

가을 아침이 밝았다. 유난히 높은 하늘이 파란 잉크를 칠해놓은 것만 같았다. 그녀를 만나는 것은 왠지 모를 설렘이 마음을 들뜨게 했다. 지향에게서 문자가 왔다.

– 굿모닝! 쌤, 약속한 시간에 조금 늦을 것 같은데. 남편이 아직 출근 중이라. ㅋ

– 기다릴게. 천천히 나오시길.

그녀와 만나는 날은 옷차림에 많은 신경이 쓰였다. 간간이 구입해 놓은 옷을 입고 거울 앞에 서면, 상하 매칭이 맘에 들지 않을 때가 많았다. 나는 가을에 어울릴 것 같은 몇 가지 옷 중에 정장보다 캐주얼 복을 입었다. 약간 핸섬해 보이는 청바지에 썬그라스 그림이 있는 검정색 라운드 티, 그레이톤 자켓을 입었다. 한식 전문집 입구 정원엔 각종 꽃들이 가을 분위기에 잘 어울렸다. 주인아줌마는 계량 한복차림으로 고객들을 친절히 안내하고 있었다. 안내에 따라 지정된 호실로 들어갔다. 유리창 너머 뒤란엔 대나무 숲이 가을바람에 서걱이고 있었다. 그녀는 30분이 초과된 시간에 예약실 문을 열고 밝은 얼굴로 들어왔다. 반갑게 손을 내밀며 악수를 청했다. 내 손안에 쏙 들어오는 그녀의 보드랍고 하얀 손의 느낌이 좋았다. 숨결이 알맞게 불규칙한 그녀의 자연스러움이 친근감을 더 했다.

“쌤, 많이 기다렸지! 남편이 어제 회식으로 늦게 들어오는 바람에 그만, 미안해!”

한식 밑반찬들이 여자종업원의 재바른 손놀림으로 음식상에 가득히 차려지고 있었다. 우린 메인 메뉴가 차려질 때까지 간단한 서브메뉴를 조금씩 맛보기 시작했다. 쿨한 성격처럼 그녀는 외모와 달리 무엇이든 맛있게 잘 먹었다. 낮 시간이지만, 시원한 작은 병맥주 한 잔씩을 나눠 마시며 모처럼의 점심미팅을 했다. 한식집의 특성처럼 음식 종류가 다양하게 많이 차려졌고, 우린 맛있게 점심을 먹었다. 디저트가 나오고 달콤하고 시원한 감주를 마시며 본론으로 들어갔다. 내가 그녀에게 씨 하우스 프로젝트에 대한 답사여행 건에 대해 말했다.

"지향 씨! 제주도 프로젝트 답사여행 계획인데 이참에 멋지게 한 번 놀다 오면 어떨까?"

그녀는 내 말에 시종일관 긍정적으로 응수해왔다.

"답사여행! 섬나라 제주도니까, 어차피 여행은 여행 아니야? 뭐 별다른 계획 있어?"

나는 그동안 생각했던 내용들을 차분하게 조리 있게 말했다.

"사실은 이번 답사여행에 친구와 함께 하고 싶은데? 지향 씨 생각은?"

그녀는 잠깐의 머뭇거림도 없이 쾌히 승낙을 했다.

"오케이! 내가 좋아하는 쌤인데 어려울 게 없지! 어디 사는 친구인데?"

"아, 아, 전에 지향 씨와 주점에선가 한번 통화했던 그 친구 기억 안나?"

그녀는 잠시 생각하다가 크게 웃으며 말했다.

"아, 그 친구! 서울에 산다는, 집은 영국 어딘가에 있고, 중소기업 사장님이라고 하던?"

우리의 얘기는 일사천리로 진행되었다. 어느 것 하나 막힘이 없었다. 역시 쿨한 그녀였다.

그녀는 한차례 소리 높여 웃고 나서 말을 이었다.

"후후, 그 친구! 자기에게 전화만하면, 나와 한번 했느냐고 묻던 그 친구 말이지!"

"크 허허! 맞아! 맞아! 그 친구 미스터 리, 영국명으로 미스터 제인이지! 호탕하고 멋진 친구인데 지향 씨도 보면 호감이 갈 거야!"

그녀는 잠시 눈을 감는 듯 하더니 매우 흡족한 어투로 말했다.

"나의 쌤께서 이번 프로젝트 멋지게 만들어 보시지! 뒷일은 내게 맡기고."

나는 그녀에게 아직 할 말이 있다고 했다. 그녀는 별 다른 반응 없이 다음 말을 재촉했다.

"뭔데? 쇼킹한 스토리가 있어?"

"으으, 그런데 말이야. 어차피 여행은 짝이 맞으면 더 신나지 않을까?"

그녀는 유쾌하게 웃으며 나를 쳐다봤다. 내 계획에서 인애의 동참 부분은 아직 말하지 않았다.

지향의 깊은 의중을 확인하고 실행에 옮길 요량이었다.

“서울 친구 말인데, 잘 어울리는 ‘여친’ 어디 없을까? 지향 씨 주변에?”

그녀는 잠시 생각에 잠기는 듯 하다가 나에게 말했다.

“내 주변에 여자는 많지! 그런데 그건 곤란한데? 쌤이 알다시피 내가 동호인 그룹에 맡고 있는 게, 한두 개가 아니잖아? 회장, 총무, 고문, 어휴, 안 돼! 안 돼! 그건 안 돼!!”

그녀는 잠깐의 낯색이 변하는 듯, 하더니 나에게 말했다.

“그 친구 여친 있다고 하지 않았나?”

그녀는 기억력이 좋았다. 오래전에 지나가는 말을 캐치해냈다.

그리고 다시 말을 이었다.

“아. 그 친구가 책임지고 동행시키라고 해! 그것까지 우리가 어떻게 해!”

나는 아차 싶었다. 인애의 얘길 꺼내지 않은 게 오히려 천만다행이었다. 야, 이렇게 되면 내 멋진 계획이 빗나가는 상황이 연출되는 것이었다. 그렇다면 인애와의 약속은 어떻게 해야 할까를 고민하지 않을 수 없었다. 나는 서울 친구 철희에게 문자를 보냈다.

– 친구야! 이번 제주 여행에 자네 여친 동행시키면 어떨까?

친구 철희에게서 문자가 바로 도착했다.

– 어, 그거 여친에게 잘 조율해 봐야지! 시간도 맞아야 하고..

지향에게 구체적 날짜를 정했다. 그녀는 다음 달 첫 주, 수요일에서 금요일이 좋다고 했다.

그녀의 남편은 언제부턴가 주말과 휴일엔 반드시 '가족과 함께 하는 날!' 이라고 했다. 그래서 그녀의 사회적 동호인 모임이 공식적으로 있는 수요일, 금요일이 딱이라고 했다. 나는 일단 친구 철희에게 확정일자를 문자로 전송했다.

- 친구야! 다음 달 첫 주, 수, 목, 금 2박3일 일정 잡혔는데 문제 있으면 이번 주 토요일까지 연락 바람!

지향과 구체적 확정일자를 정하고 우린 각자의 일상으로 돌아갔다. 그러나 인애와 약속한 그날의 얘기가 못내 걸렸다. 차라리 침묵하고 말걸, 매우 후회가 되었다.

날짜는 점점 물 흐르듯 다가왔다. 비행기 표 예매건과 숙박 예약 건이 남았다. 디데이 며칠을 앞두고 친구 철희에게서 문자가 왔다.

- 친구야! 그런데 내 '여친'은 동행이 어렵다고 하는데.. 능력 있는 자네가 고민해봐!

참 난감한 입장이었다.

여행 계획은 확정되었고, 이미 함께 동행하자는 말까지 나온 지금 막상 둘이 떠나려니 뭔가 허전한 구석이 있었다. 그렇다고 셋이서 동행하기도 그렇고. 나는 다시 인애의 동참에 대해서 기막힌 궁리에 들어갔다. 지향에게 문자를 보냈다.

– 서울친구 '여친'이 동행이 불가하다는데?

지향에게서 댓글이 왔다.

– 그럼 어떻게 그 친구 혼자 오라고 하던지? 아님! 어디 마땅한 사람 구해 보던가.

나는 의외의 그녀의 댓글에 쾌재를 불렀다. 야! 역시 쿨한 여자는 맞네! 그러나 나의 내심을 당장 드러내지는 않았다. 그리고 나는 그녀에게 문자를 보냈다.

– 기왕 함께 동행하려면 수소문을 해봐야 할 것 같은데?

약속한 날짜는 코앞으로 다가오고 있었다. 인애와는 이미 그때 동행 약속이 되었기 때문에 별 문제는 없었다. 나는 지향에게 이런 제안 문자를 보냈다.

– 수소문 끝에 싱글인 학교 후배가 있는데, 지향 씨 의향은 어때?

그녀는 그 후 문자가 없었다.

* *

가을비가 촉촉이 내리는 아침 인애에게서 문자가 왔다.

– 선배! 가을 여행은 어떻게 잘 추진되고 있으신지?

나는 인애에게 뚜렷하게 당장 할 말이 막혔다.

– 아, 여행! 잘 진행되고 있어. 그런데 조금 더 준비할게 남았는데 조금만 기다려.

참, 난감한 상황이다.

어떻게 수습을 해야 할까 아침부터 고민에 빠져있었다. 인애를 빼고 철희 친구와 셋이서 동행하는 것과 아니면 철희를 빼고, 아예 지향과 둘만 떠나는 것, 이런저런 고민을 아침부터 하다 보니, 오늘 할 일들이 실타래 꼬이듯 마구 헝클어져 있었다. 아내는 아침부터 부산하게 움직였다. 이른 아침부터 휴대폰 문자 음이 실시간으로 울려왔다. 평소보다 부산한 행동이 오늘의 스케줄을 상상하게 했다. 뜬금없이 아내가 나에게 한마디 했다.

"나, 다음 주 중에 싱가폴 여행 가요!"

나는 아무 말을 하지 않았다. 아내가 덧붙여 한마디 했다.

"동창회에서 단체 싱가폴 여행을 계획해 왔는데, 동창회 기금에서 일부 지원을 받아요!"

내가 한마디 했다.

"얼마나 걸리는데?"

"4박 5일!!"

아내의 어투는 항상 단호했다. 그리고 종결어미가 강했다. 자유로운 영혼처럼 아내는 어떤 상황이든, 본인의 생각대로 일관성 있게 행동으로 옮겼다. 오늘따라 괜히 마음이 우울하고 뭔가 개운치 않았다. 나는 스트레스나 해결되지 않는 어떤 일이 있을 때 영화를 본다. 자리에서 일어나 가까운 영화관에 갔다.

상영시간에 개의치 않고 발걸음 닿은 가장 근접된 시간의 영화를 보아왔다. 도착한 시간에 가장 근접된 영화상영시간은 30여분 남아있었다. 영화표를 끊고 구내 커피숍에서 시간도 보낼 겸 커피를 시켰다. 상영영화 안내지를 보는데 문자가 도착했다. 지향에게서 온 카톡 문자였다.

- ㅎㅎ 안부가 늦었네. 남편이 좀 수상해? 자세한 내용은 만나 얘기하지! 오늘 저녁 시간 어때? 7시쯤 집근처 커피숍 '하루'에서.

나는 댓글을 보냈다.

- 전에 만났던 골목 어귀 그 커피숍?

- 오케이!

그녀는 언제나 쿨한 면이 있었다. 그러나 나는 뭔가 풀리지 않는 의문부호가 잔상처럼 어른거렸다.

동네 커피숍은 한가했다. 우린 구석자리에 앉았다. 그녀는 주문했던 커피를 마시며 나를 보며 한마디 했다.

"별일 없었어! 저녁은? 옆집 칼국수 맛있는데 어때?"

"아, 점심을 늦게 먹어서 별 생각 없는데, 집에 무슨 일 있어?"

"별일은 아니고, 쌤 카톡에 낯선 문자 뜨지 않았어?"
"아니, 왜? 남편한테 뭐 불편한 문제 생겼나?"
그녀는 커피를 한 모금 마신 후 나에게 다소 진지한 모습으로 말을 꺼냈다.
"제주 답사여행 조금 늦춰야 할 것 같은데, 남편이 하필 우리와 비슷한 날 제주골프 투어간다고 하네."
"그래! 어쩔 수 없지 뭐, 그런데 어떻게 비슷한 날짜에 그런 일이 있지?"
"아무래도 남편이 좀 수상해? 몇 년 전부터 골프 치는 일이 별로 없었는데?"
"그럼 지향 씨와 함께 가는 건가?"
"그건 아니고, 중소기업 사장단 모임에서 간다고 하는데? 며칠 전 쌤과 카톡 하면서 남편이 그날따라 누구냐고 묻길래 남자가 쫀쫀하게 뭐가 그렇게 궁금한데? 그러다가 갑자기 남편이 내 휴대폰을 낚아채는 거 있지. 다행히 액정 화면이 다른 장면으로 바뀌는 바람에 위기는 모면했는데, 내 생각에 옆에서 카톡을 훔쳐본 것 같아! 순간 버럭 화를 냈지! 그랬더니 당신 애인 생겼어? 왜 그래? 바뀐 액정 화면엔 신기하게도 쌤과 카톡 전에 헬스 여자회원과 나눈 카톡 문잘 얼른 보여주며 막 화를 냈지. 그랬더니 남편이 순간 머쓱해 하며, 미안하다고 사과를 해서 일단락했는데, 당분간 지켜봐야 할 것 같아, 이번 주를 넘겨보고 결정하도록 하지!"

우린 커피숍을 나와 칼국수 집에서 늦은 저녁을 먹었다. 나는 지난 번 친구 철희와 동행할 여친 건에 대해서 마무리 지을 생각으로 말을 꺼냈다.

"지난번 친구와 동행할 여친을 물색했는데, 마침 대학 후배가 싱글이라 부탁을 했더니 선배를 믿고 동참하겠다는데, 지향 씨의 윤허를 받아야 정확한 통보를 하지?"

"대학 후배! 뭐하는 여잔데?"

"아, 몇 년 전 남편과 사별한 돌싱인데, 문학동아리 활동 같이 했던."

"그래! 그녀가 짝 맞춰 가는걸, 동의한다는 거지!"

"으 으, 과거 문학 동아리 활동할 때 바짝 군기가 들어 그때 나를 생각하는 거지 뭐!"

"혹시 그런 사이는 아니지? 오빠 동생 하는?"

그녀는 나를 쳐다보더니 갑자기 호들갑스러운 웃음을 터뜨렸다.

"오케이! 남편과 별다른 일 없으면 어디 한 번 얼굴이나 보지 뭐."

그날 그렇게 제주도 답사여행의 팀 결성은 일단락되었다. 그날

밤 우린 3차에 걸친 이동을 하며 꼼장어 구이와 소맥의 부드러운 목 넘김에 취해 대리 운전을 통해 집으로 돌아왔다. 늦은 밤 친구 철희에게 문자를 띄웠다.

– 어이, 친구! 한턱 톡톡히 쏠 것!! 섹쉬한 그녀 섭외 완료!!~~

철희에게서 문자가 도착했다.

– 역쉬 친구의 실력은 알아 줘야!!! 카드 빵구날 때까지 고! 고!

내친김에 인애에게도 문잘 띄웠다.

특별한 상황 없으면 제주 여행 계획대로 진행! 날짜는 다음 주초에 발송!

*　　　　*

비온 뒤 맑게 갠 하늘처럼 우리의 계획은 일사천리로 진행되었다. 그녀의 남편도 별다른 기색은 없었다. 쿨한 그녀의 성격처럼 답사여행의 그날은 밝았다. 그녀의 남편이 다녀온 골프회동에 이어 간발의 날짜에 우린 제주 답사여행을 떠났다. 나는 철희에게 인애와 서울에서 제주도 행 비행기를 함께 타고 제주공항에서 만나자고 약속했다 인애 역시 대구공항에서 우리와 함께 동행하는 것이 부담스러웠기 때문에 내가 제안한 계획에 쾌히 동의하였다. 우린 그렇게 제주행 비행기에 몸을 실었다. 인애도 철희도 지향도 그리고 나는, 이 순간의 타락한 역사적 사건에 공범이 되었다. 그러나 누구도 이 순간을 거역하지 않았다. 신부가 첫날밤을 맞이하듯 자연스런 수순의 황홀한 동양화의 꽃패였다.

제주행 비행기는 잠시 고공을 비트는 듯 몇 컷의 항공장면을 연출하고 제주공항에 무사히 안착했다. 우리가 만나기로 약속한 제주공항 로비에서 나는 철희에게 전화를 했다.

"친구 지금 어디 있는가?"

"어, 친구 여기 '카페 드롭 탑'인데 이쪽으로 오시지! 인애 씨와 함께 커피 한잔하고 있네!"

"아, 알았네! 냉큼 갈게!"

지향과 함께 짐을 챙겨 그쪽 커피숍 안으로 들어갔다. 철희와 인애는 드롭 탑 창가 쪽에 다정히 앉아 담소에 빠져있었다. 나는 지향에게 철희와 인애를 소개했다. 능숙한 언변으로 철희는 자신을 알렸고, 인애 역시 명랑한 어조로 만남의 인사를 했다. 지향은 자신을 소개하며 한바탕 분위기를 전환시켰다.

"반가워요! 불쌍녀 향이라고 해요! 향기 나는 여자! 지향! 입니다. 송지향!"

그 순간 조용한 커피숍에서 폭소가 터졌다. 나는 얼른 주위를 둘러보았다. 다행히 이쪽으로 시선을 돌리는 사람은 없었다. 이어서 철희와 인애가 일어선 채, 자기소개를 했다.

"이철희 입니다! 역쉬! 듣던 대로 미인이십니다. 잘 부탁드립니다!"

"저는 서인애라고 해요. 강 선배님! 수행 전령! 좋은 만남 되었으면 해요."

넉살 좋은 친구 철희가 한마디 거들었다.

"지향 씨! 그런데 아까 뭐라 하셨더라? '불쌍녀?' 무슨 말씀이신지? 해석이 필요합니다!"

지향은 나에게 통역 바톤을 넘겼다.

"강철민 씨가 답변할 겁니다! 아마 완벽한 통역이 되리라 믿습니다."

내가 그 말에 대해서 답변했다.

"불쌍녀란? 불쌍한 여자의 준말인걸로 알고 있는데? 뭐 다른 깊은 뜻은 잘 모르긴 한데."

우린 초면의 분위기를 일시에 평정했다. 한껏 멋을 낸 '불쌍팀'은 단박에 절친 모드로 바뀌어 있었다. 공항 택시를 타고 우린 예약된 숙소로 향했다. 제주 애월 바닷가 앨보하우스 펜션에서 여장을 풀었다. 인터넷에서 본 것처럼 바닷가 전망이 한눈에 보이는 아름다운 집이었다.

지향과 씨 하우스 프로젝트 현장 답사여행이 이렇게 바뀐 것이다. '생각이 에너지!'라는 말이 실감나는 현장이다. 우린 각자의 방에 짐을 풀고 저녁식사도 할겸 밖으로 나왔다. 애월 해안도로가 우리의 분위기를 한층 들뜨게 만들었다. 펜션 근처 제주 해오름 해물전문집에서 저녁을 먹었다. 푸짐한 제주산 해물탕은 식감부터 군침이 돌았다. 얼큰한 해물탕에 소주와 맥주를 곁들여 밥반주를 했다. 어느새 약간의 취기로 인해 우린 오랜 절친처럼 한 덩어리가 되어가고 있었다. 그날 밤 모든 것은 우리의 가슴으로 유입되었다. 모든 것의 그 모든 것을 불쌍 팀의 일탈한 가슴으로 쏟아져 들어 왔다. 제주의 밤은 아무도 우릴 침범하지 못했다. 죽음을 담보한 독립투사의 하루 밤처럼 흐르는 시간은 끝내 외면하지 않았다.

너를 보내는 들판에 마른 바람이 슬프고
내가 돌아선 하늘엔 살빛 낮달이 슬퍼라

오래토록 잊었던 눈물이 솟고
등이 휠 것 같은 삶의 무게여
가거라 사람아 세월을 따라
모두가 걸어가는 쓸쓸한 그길로

이젠 그 누가 있어 이 외로움 견디며 살까
이젠 그 누가 있어 이 가슴 지키며 살까

아 저 하늘에 구름이나 될까
너 있는 그 먼 땅을 찾아 나설까

사람아, 사람아 내 하나의 사람아
이 늦은 참회를 너는 아는지~~~

지금 이 순간 모든 것을 내려놓은 일탈의 밤! 볼링 핀처럼 쌓여진 술병의 술들이 모든 것을 지배하고 있었다. 아무것도 생각나지 않았다. 잡히지 않는 허상만 허공에서 맴돌았다. 침실로 들어왔으나 도저히 몸을 눕힐 수 없었다. 반바지 차림의 그녀도 언제부턴가 침대 위에 곤히 잠들어 있었다.

숙소를 벗어나 혼자 새벽바다를 향해 해안도로로 걸음을 옮겼다. 여명이 밝아오는 해안도로는 나의 발걸음을 허공으로 밀었다 놓았다 반복하고 있었다. 나의 몸은 날개달린 새처럼 허공에 떠오르고 있었다. 어디선가 끊어질듯 가물거리는 잡음이 바람처럼 귓가를 스쳐간다. 바다가 내려다보이는 절벽 아래로 파도의 숨결이 거세게 밀려왔다. 나의 사랑은 저처럼 밀려올 줄만 아는 일방적인 것은 아니었을까? 아내에게도. 아내는 지금쯤 무얼 하고 있을까? 어쩌면 그녀 또한 나의 귀가를 기다리고 있는 건 아닐까? 내 행보가 너무나 멀어진 것 같은 느낌이었다. 다시는 되돌아갈 수 없는 것처럼.

벼랑 위에 섰다. 나는 삼각대를 설치하고 바다를 등졌다. 10초간의 여유를 앞두고 나는 뒷걸음을 치면서 앵글 속 자신의 모습을 본다. 5… 4… 3… 지금 나의 모습이 깃털처럼 가볍다. 경직된, 그러나 최대한 애써 웃음을 살리려는 표정이 스스로 우스워진다.

"찰칵!"

예정된 10초가 지나갔다. 이젠 멈춰야 한다. 그래야 했다. 그러나 난 계속 뒷걸음질을 쳤다.

"사랑하는 것이 인생이다! 사람과 사람 사이의 결합이 있는 곳에 기쁨이 있다." - 괴테 -

어디선가 아내와 아이들의 모습이 벽에 걸린 가족사진처럼 떠올랐다. 허공을 허우적이며 손을 뻗는다.

순간, 몸이 날개 짓을 타고 천천히 하늘로 솟았다. 불어오는 해풍이 내 몸을 솟구친다.

날아라.

그래 날자!

한없는 자유 낙하. 눈앞 사물이 뒤틀어진 채 가물거린다.

파도.

흰 물결이 얼핏 얼굴을 때리고 지난 것 같은데 순식간에 그 속으로 잠기기 시작했다.

- 끝 -

생명의 통신과 잠언적 교시(敎示)

- 차승진 작가의 감성적 기법과 매혹(魅惑)

엄 창 섭(국제펜클럽한국본부 고문, 월간 모던포엠 주간)

1. 사유의 깊이와 생명의 교감

소소한 삶의 일상에 있어 비록 도덕성의 불감증에서 오는 드라마틱하고 내밀한 남녀의 관계성은 때로는 '첫 입맞춤처럼 감미로움과 가슴 설렘 뒤'에서 비롯되는 불안·초조·두려움에서도 주저함이나 머뭇거림 없이 진행되는 위험성을 수반한 육체적 충동이며 남모를 행위임에 틀림이 없다. 평자는 한 작가의 위대한 예술혼의 신중한 논의에 앞서, 이번에 저명한 사진작가로 폭넓게 활동하면서, 지난 2003년 유니버시아드 공식 사진기자로 활약하며 사진집 『Fusion 思母曲』과 시집으로 『Family photo』, 『열린 문의 유혹』을 간행한 따뜻한 예술적 미감과 감성을 지닌 시인이며 소설가인 차승진(車勝鎭) 작가가 견고한 고독 앞에서 각고의 노력 끝에 장편소설 「숨겨둔 이브에게」를 묶어 세상에 내어놓은 정신 작업은 깊은 영혼의 상처로 가슴앓이를 하는 현대인에게 심적 치유(治癒)의 인자(因子)로 그 역할을 충직하게 수행할 확신에 찬 일관된 의지이기에 더없이 감사한 마음이다. 평소 소중한 삶을 통하여 특정한 우리네의 일상에서 누군가를 만난다는 것은 때로는 운명적이라고 믿어온 평자에게 있어 그 같은 확신에는 변함이 없다. 소설평에 앞서 평자와의 만남 또한 우연이라고 치부하기에 남다르다는 점은, 한 때나마 계간지인 『아세아 문예』의 주간을 맡고 있을 당시, 차승진 작가와의 연(緣)이 닿아 시인으로 추천하고 다시 또 현재 주간을 담당하고 있는 월간 『모던포엠』을 통해 단편소설 「10분간의 휴식」을 놀랍게도 또다시 추천케 되어 소설가로 등단하는 새로운 정신기후의 조성과 문학의 지평을 깊은 사유(思惟)로 공감대를 함께 하며 열어가는 계기를 만들게 되었다.

앞서 평자는 그의 소설 심사평에서 A · 하우저가 '작가는 올바른 질문을 제기하는 것만으로 만족할지 모르지만 자기시대의 주인노릇을 하려면 올바른 해답을 제시해야 한다.'라는 주장을 지적하면서, 자의적 은폐에 의한 발상의 기법으로 지극히 생명적인 것을 재현하는 정신작업의 종사자가 불꽃같은 열정으로 내적 충만인 사유(思惟)와의 합일에 의한 결과물은 더없이 유의미하다. 까닭에 다양한 직업과 취미활동에 종사한 차승진 작가가 열정을 태우는 주체와 타는 대상의 차별성을 무화시키며 융합과 상승의 역동성을 좌우하는 예감을 기억 흔적에서 살려내어, 망각한 불의 꿈을 다시 지피는 역동성은 어디까지나 신선한 충격에 빗대어질 것이다. 이와 같이 유념할 사항이라 당신의 심사평을 다음에 옮겨보면 "결론적으로 수상작품에서 확인되어지는 의미와 삶의 중량감은 단순한 언어유희(pun)에 의해 머뭇거림이 허용되지 아니한 삶의 일상적인 정신풍경이기에 결코 모남이 없다. 잠재된 인식의 통찰력으로 비열한 이기주의에 몸담고 있는 현대인들의 영혼의 상처를 치유(healing)하기 위한 차승진의 생명적 해석을 통하여 노만 빈센트 빌의 지론처럼 '한 순간 치솟던 마음의 분노를 아름다운 시적작업을 통하여 평정시키는' 현상학적 담론은 합목적적인 '상생(相生)과 통섭(通涉)'이라는 틀에서 지상에 갈앉은 응축미가 고정된 성채(城砦)와 견주어지기에, 신인작가로 선정하여도 그 품격에 손색이 없음을 심사평에서 밝혀두기로 한다."라는 그에 대한 소박한 기대감은 한결 같아 어긋남이 없다.

이처럼 차승진 소설가가 그 기대감을 결단코 저버리지 아니하고 일관된 집념을 따뜻한 감성에 담아 가치 있는 정신적 생산물로 재창조하였다는 반증을 새삼 확증시켜 마침내 창조하는 영혼이 위대하고 아름답다는 사실을 교시(教示)하고 있음은 가치 있는 작업임에 틀림이 없다.

2. 욕감적 매혹(魅惑)과 서정의 영토

차지에 충직한 이 땅의 독자들이 한번쯤 환심 있게 지켜보아야 할 차승진 작가의 장편소설 「숨겨둔 이브에게」의 구성은, 시간적 방식에 의한 평면구성으로 '과거→현재→미래의 순서'로 진행되어 그 실마리의 전개는, 아래 인용문의 도입을 시작으로 옴니버스 구성 또한 곁들이고 있다.

> 휴대폰 알람이 적막을 흔들었다. 그러나 아내는 곤한 새벽잠에 기척이 없었다. 나는 가끔 이혼을 꿈꾸었다. 잘 맞지 않는 불편한 열쇠와 자물쇠는 결국 쓸모가 없어진다. 새로 사거나, 버려지거나 선택의 결단만이 존재한다. 아내와의 관계가 소원해진 건 언제부터였을까. 생각해 보니 딱히 답이 나오진 않지만 어느 순간 우리에게 찾아 온 권태기가 그 시발점이었던 것만은 분명했다.
>
> – 「1부. 여름날의 만남」에서

인용 부분에서 확인되어지듯 '권태기가 그 시발점'이라는 예감이 불러일으키는 불안한 심적 심리작용은 한 순간의 갈등과 대립을 예견케 함으로 극적 위기감을 새삼 조성시켜주는 인자(因子)로의 역할 수행에 부족함이 없다. 다시 "그녀와의 첫 만남이었지만 007영화처럼 '긴박하게 은밀하게' 전화번호를 쟁취하는 번개작전이 벌어졌다. "네, 선생님! 불러 드릴게요. 010 9689 0000이예요…” “아, 네, 잠깐만요.” 중요한 순간 일수록 실타래는 악몽처럼 꼬이듯이 허겁지겁 하는 사이, 좌중의 시선들이 어둔 밤 라이트처럼 뜨겁게 집중 되고 있었다. 메모지와 볼펜이 끊어진 돌다리처럼 난감하게도 준비되지 않았다. 급하면 정신을 우산처럼 잃어버릴 때가 있다. 가끔, 기차에서 신문을 보다, 두고 내리는 안경처럼… “죄송하지만, 010 9869 0000번이라고 하셨죠?” “아니, 선생님! 9869가 아니라, 9689입니다.” 그렇다. 사건의 진행은 1인칭 시점의 화자인 주인공(나)의 여성 편력이 하나의 삽화로 처리되어 2부의 「문자는 바람처럼! 나비처럼」을 걸쳐 3부 「그녀를 만난 날부터 세상이 바. 뀌. 었. 다.」로 연계층위를 이루며 거침없는 그녀와의 관계성은 스마트폰을 매개로 잇닿아지고 있다.

> “철민 씨! 강철민 씨! 이리오소! 아따, 뭐 그리 굼뜬 교! 맛있는 술 다식었구마!” 네댓 명으로 보이는 권 프로가 앉아있는 둥근 테이블엔 남자 2명 여자 3명이 어느덧 얼굴에 홍조를 띄며 몇 순배 돌고 돈 ‘쏘맥’ 잔의 투명한 글라스가 거품으로 넘쳐나 있었다. 주점 조명 탓인지 미시로 보이는 3명의 여자들은 매우 들뜬 분위기로 나를 맞아주었다.
>
> “철민 씨! 인사하소! 오늘밤 1일 파트너 아잉 교!”
>
> –「4부. 먹구름이 몰려오고」에서

이와 같이 사건 진행의 구성은 현재성에서 ‘반복, 예감, 유추 그리고 불안심리'의 다양한 통로를 걸쳐 확증되어지듯이 「5부. 처음, 그녀와의 달콤 쌉싸래한 여행」에서 마침내 독자에게 성적 충동을 이끌어내고 점차 심적 흥취를 안겨주는 매력을 발산시켜 주고 있다.

> 인애와의 데이트장소는 어둔 밤 산정호수가 두루마리처럼 길게 누워있는 금옥산 공원 아래 길 카페에서, 커피 한잔씩을 테이크아웃 하여 그녀의 차안에서 음미하며 시트를 맥시멈으로 누이고 별을 보며 시를 이야기하는 밀애장소였다. 가끔 인애 여자 친구가 동행할 때도 있었다. 그녀의 여자친구는 매우 내성적이라 처음 만났을 때 인사와 헤어질 때 한 번의 눈인사로 대신하는 게 고작이다. 인애와는 아주 대조적인 성격을 가진 그 여자 친구의 본래 성격이 궁금하여 인애에게 물어본 적이 있다.
>
> -「7부. 회상」에서

또다시 「9부. 일상을 벗으려. 더 멀어지려는 자신이...」의 부분에서 차승진 작가는, 피사체를 카메라 렌즈로 보다 리얼하고 치밀하게 확대하고 마침내 은밀한 심적 상태를 끝내 화자(persona)는, 독자들의 의혹에 상상력을 확장시켜 보편적으로 유추되어지듯이, 페티시즘의 성적 욕망에 의해 간혹 섹스의 노예로 전락되는 성적쾌감의 연계성을 관심사로 다루고 있다. 작가는 지문을 통하여 "페티쉬(fetish)'마력을 가진 사물'인 탓일까? 그 자신의 이상향이 되는 어떤 인물을 사물로 대체. 이를 통하여 성적인 쾌락을 즐기는 것. 양귀비의 발이나, 카사노바의 머리카락에 대한 페티시즘. '바람과 함께 사라지다'의 주인공 클라크 케이블도 깨끗한 여성의 옷을 보면 사족을 못 쓰는 흥분에 사로잡힌 바 있듯이, 그녀와 나는 프로의 꿈을 꾸는지도 모른다. 억매이지 않은 자유의 꿈. 비이상향의 착시의 꿈. 섹스어필(sex appeal)하는 성적인 매력을 보이는 일. 그것 우리는 그것의 함정에서 자유로울 수 없는 삶을 살아가는지도 모른다." 주인공은 사랑하는 연인 지향과의 꿈처럼 달콤한 2박 3일 섬 여행을 환상처럼 되뇌이며 이 같은 성적 충만감은 더없는 감미로움으로 하여 심장의 피를 끓어오르게 만들어놓았다.

그때 나는 쿨한 답변을 하지 않았기 때문에 인애와는 서먹한 분위기에서 한동안 연락이 두절 되었다. 그런 그녀에게 생뚱맞게 안부 문자를 하면서도 매우 조심스럽고 자존심도 한몫했다. 사이버 공간의 속도는 빛처럼 빠른 특성이 있다. 특별한 상황이 없는 한 지구촌 거리를 초월하여 즉시 전송되고, 즉시 댓글이 가능하다. 그런데 인애에게는 휴대폰 문자의 댓글이 없었다. 그녀를 마지막 만난 것 또한 꽤 오랜 기간이 되었다. 혹시 좋은 사람 만나 재혼의 또 다른 행복감에 젖어 있을 수도 있었다. 그렇다면 휴대폰 문자가 뜬금없는 무례함이 될 수도 있다. 나는 인애가 바쁜 일이 있어 부득이한 상황이 생겼으리라 한편 생각해 보기로 했다. 다른 대안으로 친구 철희에게 문자를 보냈다.

–「11부. 늪에서 늪으로」에서

새로운 진술은 아니나, 도덕적 불감증에서 오는 주인공의 무분별한 여성 편력은 어디까지나 소설론에서 현실에 있을 법한 가능한 일을 작가가 상상력을 통해 스토리로 엮어낸 '개연성 있는 허구'이다. 이 점은 작가인 차승진이 그 자신의 〈작가의 말〉에서도 언급했듯이, 작중의 인물과 사건의 전개가 어디까지나 허구라는 점은 물론이나 인물과 환경 사이에서 발생하는 심리적 갈등이나 대립이 비록 다양한 양상을 띠지만 개연성 있는 허구이기에, 작가 자신이 충직한 독자인 우리에게 교시(敎示)하려는 중심 내용이 바로 테제(thema)임은 다시금 주지할 바다. 아울러 반복적으로 작가가 일정한 호흡과 글의 정조(情調)를 지탱하기 위하여 노랫말을 접목시킨 특징은 또 하나 눈여겨 볼 관심사다.

3. 창조하는 영혼의 위대함과 역동성

특히 대단원에 해당되는 결말 부분의 「12부. 가을 여행」은, 마침내 기대감 그 이상의 어긋남 없이 ' "찰칵!" 예정된 10초가 지나갔다. 이젠 멈춰야 한다. 그래야 했다. 그러나 난 계속 뒷걸음질을 쳤다. "사랑하는 것이 인생이다! 사람과 사람 사이의 결합이 있는 곳에 기쁨이 있다." -괴테- 어디선가 아내와 아이들의 모습이 보인 듯했다. 허공을 허우적이며 손을 뻗는다. 순간, 몸이 날개 짓을 타고 천천히 하늘로 솟았다. 불어오는 해풍이 내 몸을 솟구친다. 날아라. 그래 날자! 한없는 자유 낙하. 눈앞 사물이 뒤틀어진 채 가물거린다. 파도. 흰 물결이 얼핏 얼굴을 때리고 지난 것 같은데 순식간에 그 속으로 잠기기 시작했다.'로 격정을 침잠시키는 심적 상태를 지탱하는 의도로 글의 마무리에서 놀랍게도 극적 긴장감을 잠재우고 있다.

모름지기 차승진 작가의 자서(自序)격인 〈작가의 말〉에서 "썼다가 지우고 또 쓰는 지난한 시간 속에서 생각(思惟)의 집은 지어졌다." 이처럼 소설 속 등장인물의 사람들의 명명(application, 命名)은 물론하고, 그들은 마침내 주인공의 지인이 되고, 연인이 되었다. "아이가 까닭 없이 보채는 것처럼 소설 속사람들도 예외는 아니었다. 어쩔 수 없는 실제상황 같은 사건이 벌어지기 시작했다. 이름에 따라 식성도, 성격도, 까다롭게 변해갔다. 그럴 때마다 나는 마음 좋은 사람이 되기 위하여 밤을 새우며 나를 넓혀갔다. '채우려면 버려야 했다.' '얻으려면 주어야했다.' "라고 기술하고 있듯이, 그 자신에게 행복한 언어의 집짓기에 해당하는 '생각의 집'인 「숨겨둔 이브에게」는 많은 시간을 흘려버린 뒤에 구축한 빛나는 사유(思惟)의 구조물이기에 일상의 공간에서 마음의 깊은 상처로 가슴을 앓는 대다수 이 땅의 독자들에게 하나의 작은 감동을 회복시켜주는 품격을 지닌 실로 유의미한 정신작업의 역할·분담에 해당하는 것이다.

이와 같은 동일한 시점에 접근하여 차승진 작가의 「숨겨둔 이브에게」를 빌헬름 라이히어의 〈파시즘의 대중심리〉와 결부지어 이론적 배경을 해명할 때, "성적 죄의식은 자연스럽고 오르가즘적인 성적 합일의 과정을 단절시키며, 그와는 다른 방식으로 성 에너지를 분출시키는 성울혈(性鬱血)을 만든다. 즉 노이로제, 성적 이상, 반사회적 성 등이 영속적인 사회적 현상이 되는 것이다."라는 주장은 기억 흔적에 담아둘 일이다. 사회학적으로 혼외성교가 어느 공간적 현상에 존재한다는 것은 분명지만, 간혹 혼외성교에 대한 인식과 평가가 바뀌고, 혼외성교를 보호·허용했던 가모장제 사회제도가 점차 훼손되는 우리네 사회풍토에서 간통죄 폐지라는 보편적인 법적 제도가 기존의 도덕성 침해는 묵과할 수 없는 실상이지만, 유부남에게 있어 최소한 아내에 대한 성적 의무는 수호되어야 한다. 한편 가부장제적 성(性)이라는 측면에서 주인공의 성적 희락이 마침내 성적 수치심이나 죄의식의 약화로 인한 도덕적 불감증(不感症)이 성적 충동에 잇닿아 있음은 경계해야 할 현대인의 교훈은 간과(看過)하지 말아야 한다.

결론적으로 혼돈의 시대를 살아가는 동반자로서 다가오는 즉물적 현상을 따뜻한 시선으로 응시하는 '조금은 천천히'라는 슬로라이프(slow life)적인 느림의 시학을 다시금 공감하면서, 다행스럽게도 삶의 일상에서 삶의 흥미로움을 여기로 담아내어 잠언적(箴言的) 교시로 무너져 내린 도덕적 질서와 가치를 일깨워주고 있는 영혼이 바람처럼 자유로운 감성의 소유자로서, 지극히 서정적 미감이 감미로운 차승진 작가에게 거는 소박한 기대라면, 어디까지나 '극소수의 창조자'로서 시대적 소임과 작가로서의 역할을 충실하게 수행하라는 것이다. 모쪼록 "우리가 헛되이 보낸 오늘은 앞서간 그들이 그토록 소망하던 내일이었다."는 소포클레스의 지론을 다시금 언급하며 자존감을 지닌 날(刃) 푸른 작가 정신으로 존엄한 생명외경의 지고함을 깊이 인식하고, 시적 상상력의 확장으로 이 지상에 아름다운 작은 천국을 만들어가는 생명적인 작업을 지속적으로 수행할 것을 소망할 따름이다.

작가의 말

더운 여름이다.
계절은 어김없이 한 치의 오차도 없이 찾아온다.
처음 소설을 쓰겠다고 마음먹었던 날이 있었다.
무엇을 어떻게 하겠다는 구체적 계획도 없이
무작정 떠나는 여행처럼….
나는 그렇게 글쓰기가 시작되었다.
제목을 정하고 조금씩, 조금씩, 글의 윤곽이 나타날 무렵
또 계절은 바뀌었다.
그리고 등장인물들도 계절에 따라 옷을 갈아입었고,
함께 밥을 먹었다.
도화지에 그림을 그릴 때 연필로 스케치를 하고,
그 위에 채색을 입히면 본성처럼 생각이 나타났다.
썼다가 지우고 또 쓰는 지난한 시간 속에서
생각의 집은 지어졌다.
소설 속 사람들의 이름이 붙여지고, 그들은 마침내
나의 지인이 되고, 연인이 되었다.

아이가 까닭 없이 보채는 것처럼
소설 속 사람들도 예외는 아니었다.
어쩔 수 없는 실제상황 같은 사건이 벌어지기 시작했다.
이름에 따라 식성도, 성격도, 까다롭게 변해갔다.
그럴 때마다 나는 마음 좋은 사람이 되기 위하여
밤을 새우며 나를 넓혀갔다.
'채우려면 버려야 했다.'
'얻으려면 주어야 했다.'

다시 여름이 왔다.
그녀와 처음 만났던 소설 속 장소.
그곳이 없었다면 '숨겨둔 이브에게'는 존재할 수 없었다.
비록 허상의 공간이지만, 어딘가에 그곳이 있을 것만 같다.
비록 가공의 인물들이지만 도처 어디엔가
그들이 웃으며 나타날 것만 같다.
그동안 함께 한 그들에게 한없는 감사를 드린다.
깊은 산 야생화들에게 누군가 걸맞은 이름을 붙여 준 것처럼….
비록 어쩌다 보니, 이렇게 지어진 나의 생각의 집.
'숨겨둔 이브에게' 다시 한 번 감사를 드린다.
세상을 혼자 살 수 없는 것처럼 나의 멘토,
'서웅교' 작가님께 고마움을 전합니다.

무엇이든 그의 손에 들면 모든 게
작품으로 탄생되는 희한한 신의 손이다.
밤 이슥토록 불 밝히며 잠을 방해했던 사랑하는 아내 윤경,
그리고 착한 딸 지은, 사위 해식, 든든한 아들 민재, 며늘아기
혜정에게 지금의 내 마음을 전한다.
더운 여름휴가를 뒤로 하고, 흘린 글, 빠진 글, 모난 글들 예쁜
손길로 다듬어 준 홍익출판사 김창석 사장님, 김언경 편집장님께
감사드립니다.

부족한 글을 큰 격려의 서평으로 다독여 주신, 말씀 한마디도
허투루 할 수 없는, 지상의 영원한 스승님! 엄창섭 박사님께 큰
절을 올립니다.

2015년 여름

차 승 진

다시 시작되는 기다림!

숨겨둔 이브에게

인쇄 2015년 8월 20일
발행 2015년 9월 1일

지은이 / 차 승 진
펴낸이 / 김 창 석
펴낸곳 / 홍익출판사

주소 / 대구시 중구 명륜로23길 38-4
전화 / 053) 421-6700, 427-3627
팩스 / 053) 423-5965
등록번호 / 1987년 11월 26일 제1-107호
E-mail / hongick88@hanmail.net

정가 13,000원

ISBN 978-89-7826-270-5 03810

「이 도서의 국립중앙도서관 출판예정도서목록(CIP)은 서지정보유통지원시스템 홈페이지(http://seoji.nl.go.kr)와 국가자료공동목록시스템(http://www.nl.go.kr/kolisnet)에서 이용하실 수 있습니다.(CIP제어번호: CIP2015022941)」